本书系2019年度杭州市哲学社会科学重点研究基地课题
“日本近现代作家中国题材作品研究”（2019JD19）结题成果

日本近现代作家
中国题材作品研究

Research on China's works
by modern Japanese Writers

冯裕智◎著

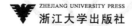
Zhejiang University Press
浙江大学出版社

目　录

第一章　明治、大正时期日本作家中国纪行研究 ……………… 1

第一节　二叶亭四迷的中国经历 ……………………… 2

第二节　明治时期随军记者的中国纪行 ……………… 15

第三节　大正时期日本作家访华游记中的江南形象 ………… 23

第二章　谷崎润一郎中国题材作品研究 ……………… 35

第一节　谷崎润一郎的中国因缘 ……………………… 36

第二节　谷崎润一郎的两次中国之行 ………………… 38

第三节　谷崎润一郎作品中的杭州书写

　　　　——以《西湖之月》为中心 ……………… 46

第三章　芥川龙之介中国题材作品研究 ……………… 68

第一节　爱的礼赞——《奇遇》论 …………………… 69

第二节　对爱情的执着——《尾生之信》论 ………… 77

第三节　对人性的考验——《蜘蛛之丝》《魔术》与《杜子春》论 ……… 86

第四节　《中国游记》在中国的译介与传播 ………… 94

第四章 中岛敦中国题材作品研究 ……………………… 107

　第一节 中岛敦与李徵的交融——《山月记》论 ………… 107

　第二节 《山月记》在中国的译介与研究 ………………… 112

第五章 日本战后派作家的中国战地体验与中国书写 ………… 128

　第一节 武田泰淳的中国战地体验与战争反思 …………… 129

　第二节 其他战后派作家与中国 …………………………… 137

参考文献 …………………………………………………… 147

后　记 ……………………………………………………… 155

第一章

明治、大正时期日本作家
中国纪行研究

众所周知,1868年日本开始明治维新,这是一场自上而下的社会变革,涉及政治、经济、文化等各个方面。虽然这场带有资本主义性质的革命并不彻底,但是终究使日本走上了工业化的道路,完成了从封建社会到资本主义社会的转变,并跻身于世界强国之列。与此同时,日本也逐渐走上了对外侵略扩张的军国主义道路。随着日本的对外扩张,自明治时期开始,大批的日本人怀着各种目的涌入中国,并以游记的方式记录下了自己的所见所闻所感。当时到中国旅行的日本人有学者、记者、作家、商人、军人、政治家乃至宗教界人士,可以说,日本各阶层人士都在中国留下了自己的足迹。其中,日本近现代作家在这次中国旅行高潮中占有相当高的比例,并充当着重要的角色。本章以明治、大正时期来华作家为主要研究对象,梳理分析他们访华的动机及过程,研究他们的中国纪行,探讨中国之行对他们自身及其文学创作带来的影响。

第一节 二叶亭四迷的中国经历

二叶亭四迷,本名长谷川辰之助,1864 年(元治元年)4 月 4 日出生于江户(今东京)。二叶亭四迷是其笔名,关于"二叶亭四迷"这个笔名的由来,二叶亭四迷自己在很多场合都谈到过。比如石光真清在自传性回忆录《旷野之花》中谈到,在哈尔滨遇到二叶亭四迷时,曾询问这个笔名的由来,当时二叶亭四迷回答说:"实际上我家老爷子非常讨厌无聊文人,生气地对我说,像你小子这样的家伙干脆去死吧。这么说就如同断绝父子关系一样。去死吧! 被父亲这么一骂,如同尖刀一般嗖的一声扎进我的胸膛。每天都在心中反复想着这句话,在这个过程中くたばってしまえ就变成了ふたばていしめい。"①二叶亭四迷的父亲对他从事文学创作非常愤慨,大概主要还是因为当时文学家地位不高,从事文学创作被抱有旧观念的人认为是没有前途的。"くたばってしまえ"(见鬼去吧! 该死的!),这句话与二叶亭四迷的日文发音(ふたばていしめい)近似,所以就采用了这样一个笔名。1887 年发表小说《浮云》第一部时,他第一次采用了"二叶亭四迷"这个笔名,大概也有自嘲的成分。现在看来这个笔名可能也反映出当时二叶亭四迷并没有完全认识到文学的价值,这为他以后在文学创作上产生思想动摇埋下了种子。二叶亭四迷的父亲长谷川吉数原是地方下级武士,明治维新后从旧藩士转变成新政权的职员,曾在多地任职,后来出任岛根县的出纳官,总管出纳与会计,一直到明治十八年退休离职。少年时期二叶亭四迷随父母辗转各地,经历了动荡的童年。明治维新初期,新的制度还没有完

---

① ［日］清水茂：『近代文学鑑賞講座 第一巻 二葉亭四迷』,角川書店,1967,第 6 頁。

全建立,因此二叶亭四迷幼年受到的还是旧派教育。最初他在私塾里学习汉文,后来以教授英法学问为主的所谓"洋学校"逐渐兴起,他又在名古屋藩学校学习了一年左右的法语。1875年,二叶亭四迷随父亲移居松江,走读于内村友辅开办的相长舍汉学私塾和松江变则中学,同时接受新、旧两种教育。

二叶亭四迷在中学时就立志要当一名军人,而且从1878年开始连续三年报考陆军士官学校,但是均未被录取,据说高度近视是二叶亭四迷落选的主要原因之一。1881年5月,二叶亭四迷考入东京外国语学校俄语科。当时的东京外国语学校开设有英、德、法、汉、俄、朝鲜语六个语种,其中汉、俄、朝鲜语三个语种实行助学金制度。当时正值俄国势力扩张之时,俄语翻译需求激增,再加上有助学金,所以报考俄语专业的学生有很多。但是二叶亭四迷的入学动机却有所不同。1875年,日本和沙俄签订了《库页岛千岛群岛交换条约》,条约规定日本完全放弃库页岛的主权,全岛归沙俄管治。日本以此获得堪察加半岛以南的整个千岛群岛的主权、鄂霍次克海的捕鱼权和其周边俄罗斯港口十年的免费使用权。日本一直视库页岛(日本称桦太岛)为本国的领土,因此该条约的签订引起了国内民众的不满,同时沙俄的领土扩张也引起了国内部分民众的担忧。这一事件对二叶亭四迷产生了深远的影响。据后来二叶亭四迷在《我半生的忏悔》中坦言,当年自己之所以报考俄语专业,是因为受到《库页岛千岛群岛交换条约》签订后社会舆论的影响,意识到将来日本的心腹大患必定是俄国。而要有效地抵御俄国的扩张,确保日本在亚洲大陆的权益,俄语是必须掌握的工具。报考东京外国语学校时二叶亭四迷刚好18岁,可以说从那时起,殖民主义思想的种子就已经在他内心萌芽了。

在东京外国语学校俄语科的学习,不仅使二叶亭四迷熟练地掌握了俄语这门语言,还使他受到了俄国文学的熏陶,并对俄国文学产生了浓厚的兴趣。当时对二叶亭四迷影响最大的是一位美国籍教师尼古拉·古诺,他异常热爱文学,并把这种热情传递给了学生。同时他还经常在课堂上抨击沙俄的专制制度,这也引起了二叶亭四迷对现实社会的关注。那时候二叶亭四迷经常阅读屠格涅夫、别林斯基、杜勃罗留波夫等作家的作品。在阅读过程中,他意识到,与日本作家漠视社会现象不同,俄国作家在文学作品中充满了对社会现实的揭露与批判。这为他日后进行现实主义文学创作奠定了坚实的基础。

1885 年,由于学制改革,东京外国语学校被废除,其俄语科被并入当时的东京商业学校(今一桥大学)。因为对这种改革不满,1886 年 1 月,二叶亭四迷从东京商业学校俄语科退学。1885 年 6 月至 1886 年 1 月,坪内逍遥陆续发表了小说《当世书生气质》。几乎同一时期,坪内逍遥陆续发表了文学理论文章《小说神髓》,为当时的日本文学界吹进了第一缕新文学的春风。二叶亭四迷受坪内逍遥影响,决心成为一名作家。他对《小说神髓》中的文学理论产生共鸣的同时也产生了诸多疑问,就以《〈当世书生气质〉论》的形式写了一篇文论,并于 1886 年 1 月 25 日拜访了坪内逍遥。这次相遇可以说具有历史意义,坪内逍遥成为二叶亭四迷亦师亦友的朋友,并引导他步入了文坛。同年 4 月,《〈当世书生气质〉论》的绪论部分以《小说总论》之名公开发表,引起了文坛的关注。同年夏天,在坪内逍遥的鼓励下,二叶亭四迷开始创作长篇小说《浮云》,并于 1887 年 6 月发表《浮云》第一部,此后两年间又陆续发表了第二部和第三部。《浮云》首创"言文一致"文体,生动地描写了当时的社会现象,刻画了知识分子"多余人"的形象,对当时的官僚制度以及近代文明都进行了不同程度的批判。《浮云》被誉为日本近代小说的先驱,开启了日本近代新文学的新时代,奠定了二叶亭四迷在日本文坛的地位。

可惜任何先行者都难免孤独,当时的文坛并没有真正认识到《浮云》的价值,甚至二叶亭四迷自己也没有意识到,因此思想上产生了动摇,再加上创作上受阻,同时迫于父亲退休后的生计困难,最终中断了《浮云》的创作。1889 年 8 月二叶亭四迷在老师古川常一郎的帮助下,进入内阁官报局,主要从事俄语和英语报纸的翻译工作。二叶亭四迷从中学开始就憎恨官僚主义、痛恨官吏,结果自己为五斗米而折腰也沦为官吏,这可以说是一种命运的讽刺。但是由于工作稳定、收入颇丰,在任内阁官报局期间竟成为他一生中比较安逸的时期。其间他与福井恒结婚,并先后育有一儿一女。可惜二叶亭夫妇不擅长理财,经济再度拮据,再加上精神层面缺乏沟通,最终导致两人离婚。

1899 年 9 月,在老师古川常一郎的举荐下,二叶亭四迷被新成立的东京外国语学校聘请为俄语教授,一直工作到 1902 年 5 月。这几年是二叶亭四迷一生中比较幸福的时期,他收入颇丰,对职业也很满意。二叶亭四迷俄语造诣深厚,与自己原来的老师市川文吉、古川常一郎一起被誉为东京外国语学校的"俄语三川",深受师生爱戴。但是,如前所述,在少年时期二叶亭四迷的内心就埋下了殖民主义思想的种子。在这一时期,由于受到国际环境的影响,这颗种子开始萌芽生长了。1900年,八国联军悍然对中国发动了侵略战争,俄国趁机侵占中国东北地区,俄国的侵略威胁到了日本在华利益,日俄关系逐渐紧张。二叶亭四迷对俄国的行径异常愤慨,对日本的命运忧心忡忡,完全忽略了日本也是侵略瓜分中国的列强之一。据说他曾经一本正经地提出利用妓女对抗俄国的计划。他认为"她们(指妓女,笔者注)所到之处,日本的商品就可以随之而推销,日本的地盘亦可以得到巩固。……这些女人落籍俄国者甚多,当中有些人会意外地成为良家妇女,不仅家庭中洋溢着日本情趣,而且还生出一半日本血统的混血儿。……那么过了几代以后,完全可以期待整个西伯利亚都将日本化"①。当然,这种荒唐的计划最终并没有实施。1902 年,虽然日俄战争还没有爆发,但是日俄关系已经相当紧张,战争大有一触即发之势。在这种情况下,二叶亭四迷产生了去满洲投身实业的想法,想借此实现自己的社会理想。1901 年,同学佐

① 　[日]中村光夫:《"不如早死好"——二叶亭四迷传》,刘士明译,湖南人民出版社,1987,第 183 页。

波武雄从浦盐①回国，二叶亭四迷和他商谈了去满洲的计划。同年 12 月 13 日，二叶亭四迷在写给内田鲁庵的信中提到了去海参崴的计划。1902 年初，二叶亭四迷通过佐波武雄引荐认识了德永商会会长德永茂太郎，决定去德永商店哈尔滨支店当顾问。这一时期二叶亭四迷访问了乃木希典、近卫笃麿、大隈重信等军政界要员。同年 5 月 2 日，二叶亭四迷正式向东京外国语学校提交了辞呈。放弃工作稳定、待遇优厚的俄语教授的职位，远赴海外去充当一名私人商店的顾问，这在周围的人看来，无异于是一个疯狂的举动。可是二叶亭四迷决心已定，毅然离开新婚不久的妻子、年迈的母亲以及需要照料的孩子，开启了自己的第一次中国之旅。

二叶亭四迷于 1902 年 5 月 3 日从东京出发，一直到 1903 年 7 月 23 日返回东京，历时一年有余。其间写有《游外纪行》《光绪廿九年二月中纪事》等纪行文章。《游外纪行》最初写在记事本上，后来手稿被发现收录进全集。该纪行主要记录了从 1902 年 5 月到 1903 年 7 月二叶亭四迷在中国的行程经历，还详细地记录了各种开销。《光绪廿九年二月中纪事》虽然题目是"光绪廿九年二月中纪事"，但是内容并不限于 2 月，而是记录了从 1903 年 2 月底到 7 月中旬二叶亭四迷在北京警务学堂的经历。根据这些纪行文章以及其他相关资料，我们可以大体上还原二叶亭四迷的第一次中国之行。

1902 年 5 月，二叶亭四迷乘火车从新桥出发，先后到达了日本国内的横滨、名古屋、大阪等地，在临行前拜访了各地的亲朋好友。5 月 10

---

① 即海参崴，俄罗斯称"符拉迪沃斯托克"，日本称"浦盐"，原属中国领土，1860 年清政府与俄国签订了不平等的《中俄北京条约》，割让了乌苏里江以东包括海参崴在内的约 40 万平方千米的领土。海参崴后来发展成为俄罗斯在远东的重要城市和港口。日本一直觊觎海参崴，1918 年 4 月，日英联军借口当地有日资设施被袭，进驻金角湾和海参崴，1920 年，在远东滨海地区建立"远东共和国"，持续至 1922 年由苏联收复。1991 年 5 月 16 日，中苏签订《关于中苏国界东段的协定》，正式承认符拉迪沃斯托克为苏联领土。

日下午 6 点到达福井县新兴的港口城市敦贺,经过短暂的停留之后,5
月 12 日下午 4 点 20 分乘船出发。经过两天的航程,于 5 月 14 日下午
4 点 30 分到达海参崴,受到当地德永商店店员的迎接。二叶亭四迷在
海参崴滞留期间对当地的贸易情况进行了一些调查,并拜访了一些当
地的朋友及实业家。值得一提的是,二叶亭四迷在 5 月 19 日拜访了精
通世界语的俄国学者波斯特尼科夫(ポストニコフ),接受了关于世界
语的初步辅导,同时接受了世界语使用者大会的邀请。5 月 22 日他参
加了世界语使用者的聚会,6 月 1 日成为俄国世界语协会的会员。二叶
亭四迷和波斯特尼科夫约定将来要在日本推广世界语。他没有食言,
1906 年在日本出版了世界语的教科书《世界语》和《世界语读本》,为世
界语的普及做出了自己的贡献。

　　1902 年 5 月 25 日,二叶亭四迷乘船赴彼得罗巴甫洛夫斯克考察,
并计划参加世界语使用者大会,只是该会议最终没能如期举行。他在
当地拜访了一些专家学者,还购买了一些商业图书,如《商业用算数》
《商业词典》《商业用文入门》《簿记范例》等。6 月 7 日,二叶亭四迷乘火
车从海参崴出发赶往哈尔滨,途中时走时停,6 月 14 日左右①到达哈尔
滨。早在海参崴的时候,二叶亭四迷就感受到了日俄关系的紧张,当时
海参崴几乎处于戒严的状态,晚上会时不时传来枪声,当地的日本人相
互告诫不要晚上出门。到达哈尔滨之后,二叶亭四迷感到俄国人的暴
行比起海参崴来有过之无不及。俄国人四处设卡,态度蛮横,还时常无
故抓人。有人仅仅因为在马车中欣赏寺院照片时偶然被俄国军官发现
就被拘留了十天。二叶亭四迷自己曾经因为被怀疑违反了严禁养狗的

---

　　①　《近代文学鉴赏讲座 第一卷 二叶亭四迷》书末附有《二叶亭四迷年谱》,该
年谱是在《二叶亭四迷全集》(昭和二十九年六月岩波书店出版)第十六卷中的年谱
和中村光夫编著的《二叶亭四迷传》(昭和三十三年十二月讲谈社出版)附录年谱的
基础上增订修改的。据此年谱,二叶亭四迷是在 1902 年 6 月 10 日抵达哈尔滨。
但是《游外纪行》记载,二叶亭四迷是在 1902 年 6 月 14 日和朋友一起出发去了
哈尔滨,抵达时间应该在 14 日或 15 日。

禁令而被短暂羁押在拘留所,幸亏经人担保才逃脱牢狱之灾。这次不幸反倒给二叶亭四迷提供了一次机会,他在写给坪内逍遥的信中曾经提到:"且不说俄国拘留所的肮脏,而警察对于被拘留者的粗暴实在无法形容。……我对这些情景颇为厌烦,但我想这是一个观察俄国黑暗的大好时机,在好奇心的驱使下,我在其间独自默坐,仔细地倾听着。"①不可否认,二叶亭四迷的经历及纪行从某种程度上反映出当时俄国人在中国东北的暴行。

另外,二叶亭四迷后来在回国后发表的《哈尔滨通信》中,也重点谈到了俄国将领的腐败。但是正如学者王中忱所说:"二叶亭四迷在哈尔滨期间写下的书信和笔记,虽然多次抨击俄国官宪管制的暴虐,却绝口不提确实有日本军事侦探潜入哈尔滨活动,而他经常出入的菊地照相馆,其实就是日本军部设在哈尔滨的一个情报站,照相馆的主人菊地正三,就是日本著名的军事间谍石光真清的化名。对此,二叶亭四迷当然心知肚明。"②其实当时的满洲主要由俄国人控制,但是日本的势力也渗透其中。二叶亭四迷从极端民族主义角度出发,对在满洲的见闻进行了选择性的记忆和表述。

到达哈尔滨之后,为了实现自己通过振兴在华实业抵御俄国的构想,二叶亭四迷特地对蒙古东部的贸易状况进行了调查,并制订了当地特产羊毛和牛皮的出口计划。但是他在哈尔滨的生活和工作进行得并不顺利。二叶亭四迷出国之前没有深入考虑在满洲可能发生的实际困难,甚至同德永商店连月薪都没有完全谈妥,就匆匆奔赴满洲,这就为以后其在满洲的尴尬处境埋下了隐患。抵达满洲之后,德永商店支付的薪水只能维持他最低的生活水平,日常生活捉襟见肘。而且他发展

---

① [日]中村光夫:《"不如早死好"——二叶亭四迷传》,刘士明译,湖南人民出版社,1987,第205页。

② 王中忱:《越界与想象——20世纪中国、日本文学比较研究论集》,中国社会科学出版社,2001,第14页。

实业的计划进展得并不顺利,其间与德永商会会长德永茂太郎发生了不睦。二叶亭四迷在 8 月 27 日写给坪内逍遥的信中提到:"当地支店的老板是个相当老练的人,在商界已经厮混了四十五六年,通晓人情世故,无奈他没有受过教育,竟连报纸都看不太懂,目光短浅、唯利是图,无论如何也不能成大气候。假如我此时放弃经营满洲的构想,就会变成一个唯利主义者,圆滑世故,四处钻营。因当地尚无一人精通俄语,可以受到器重,以后也必须圆滑地处世,换得终生成为德永商会的可怜巴巴的食客,这种处境是我不能容忍的。既不能容忍,又不能实行久有筹划的话,那么我可断言必定会发生左支右吾的冲突。"①

　　由于和德永商店的矛盾日益加深,二叶亭四迷决定进行一次漫长的调查旅行。1902 年 8 月 31 日晚上 7 点 50 分,二叶亭四迷乘火车从哈尔滨出发,9 月 3 日到达营口,9 月 8 日抵达旅顺,在旅顺会见了三井物产公司驻关东办事处的同学中泽房则以及其他几位旧友。刚开始时大家对他十分热情,但是没过多久就冷淡了下来,二叶亭四迷感到人情的反复无常,于是决定离开旅顺。9 月 28 日,二叶亭四迷从旅顺口出发,9 月 29 日上午 6 点到达芝罘(今烟台),在芝罘拜访了三井事务所,会见了东京外国语学校毕业生平贺贯一郎,午饭后乘船赶赴营口。10 月 3 日乘火车从营口出发,经锦州,于晚上 12 点左右到达山海关。10 月 4 日,二叶亭四迷拜访了守备军司令部,之后绕道秦皇岛回到山海关,次日参观了长城。10 月 6 日上午 7 点乘车赶往天津,并于同日下午 3 点左右到达天津,在天津访问了领事馆。10 月 7 日下午 3 点左右从天津出发,傍晚时分到达北京。10 月 8 日,二叶亭四迷拜访了时任北京警务学堂校长的川岛浪速,这次会面对二叶亭四迷来说可以说是一次人生转折。

　　川岛浪速是著名日本间谍川岛芳子(本名爱新觉罗·显玗,清朝肃

---

① 　[日]中村光夫:《"不如早死好"——二叶亭四迷传》,刘士明译,湖南人民出版社,1987,第 205 页。

亲王爱新觉罗·善耆第十四女)的养父,在中国各地长期从事间谍活动,并试图分裂中国,策动"满蒙独立运动"。川岛浪速从青少年时期就接受了日本"兴亚会"的影响,决心以中国为安身立命之地,并于1882年进入东京外国语学校专修汉语。甲午战争期间,川岛浪速充任日本翻译,随日军入侵过山东、台湾等地。八国联军侵华时期,他曾出面劝降并迫使清政府弃守北京,因为有功被任命为故宫监督。嗣后,出任日军占领区军政事务长官,蓄意保护满蒙贵族府邸,由此与肃亲王善耆开始交往。1901年,八国联军尚未完全撤出北京,清廷即委派全权大臣庆亲王奕劻与川岛浪速联系,筹划中国警察教育学校。1901年8月14日,清政府与川岛签订合同,合同规定聘川岛浪速为监督(相当于校长),所有学堂内聘用日本教师若干名,支付一切经费,均归川岛浪速一手经理。一直以来,川岛浪速把沙俄看成日本在中国东北、蒙古地区扩张的最大敌人,这一点与二叶亭四迷不谋而合。川岛浪速和二叶亭四迷是东京外国语学校的校友,虽然二人同时在东京外国语学校学习过,但是因为川岛浪速属于汉语部,二叶亭四迷属于俄语部,所以在校期间彼此并不是十分熟悉。但是二人在北京却一见如故,谈得甚是投机。因为川岛浪速感觉身边缺少共襄大业的朋友,所以热情邀请二叶亭四迷担任警务学堂的事务长,处于困境的二叶亭四迷欣然接受。10月24日,二叶亭四迷从北京出发返回哈尔滨,向德永商店辞职。在去哈尔滨的途中,在营口偶遇内藤湖南。内藤湖南是二叶亭四迷生命中的贵人,二叶亭四迷后来因为中国不能实现自己的抱负而郁郁回国,因找不到合适的工作而发愁时,经内藤湖南的大力举荐以东京特派员的身份入职《大阪朝日新闻》社,几年后受《大阪朝日新闻》社委派开启了他生命中第二次也是最后一次中俄之旅。

1902年11月1日,二叶亭四迷从哈尔滨出发,8日到达北京。自此一直到1903年7月21日离开北京为止,二叶亭四迷一直在北京警务学堂担任事务长,这可以说是他一生中最为得意的一段时期,不仅待遇优厚(月薪250银圆),而且得到川岛浪速的信任与重用。"事务长履行总务会计的一切职能并负责所有人事以及学堂之外的应酬,称得上是学堂管理方面的负责人"①,不仅如此,川岛浪速"委托他全权处理事务的内幕,是要与他一起图谋国事,积极开展对俄、对清工作"②。因此二叶亭四迷感觉在北京可以施展抱负,也乐意协助川岛浪速。为了适应新的工作,从 1902 年 11 月 16 日开始,二叶亭四迷还雇了老师专门学习汉语,并留下很多学习记录(可以参看《二叶亭四迷全集第五卷》中的《手帳七備忘録》)。1903 年 3 月 8 日,二叶亭四迷收到了坪内逍遥寄来的一些政治经济类图书,如《社会经济原论》《最新经济论》《政治罪恶论》《经济史眼》,可以想见,这应该是坪内逍遥应二叶亭四迷的要求寄来的。总之,各种迹象表明,二叶亭四迷当时确有打算长期在北京工作以施展自己的抱负。

但是由于二叶亭四迷和川岛浪速在教养和气质方面各不相同,在处理具体问题上面的分歧逐渐显现出来。而且在二人周围形成了所谓的"监督派"和"事务长派",矛盾日益尖锐。二叶亭四迷在 1903 年 5 月 10 日写给坪内逍遥的信中提到了和川岛浪速的矛盾:"这出乎意外的事态令我大惑不解,而川岛与我的行为孰是孰非仍然不得而知。反对派提出的意见不得不承认有一定的道理,很多时候我介于川岛与反对派之间而进退两难……出于旧友的情谊曾多少给他以忠告,不料他听后无动于衷,真是病入膏肓不可救治,使人绝望。"③最终二叶亭四迷于 1903 年 7 月 18 日正式提出辞职,7 月 21 日 7 点乘火车从北京出发赶往塘沽,几日后在塘沽乘轮船回国,结束了第一次中国之行。

1904 年 2 月 10 日,日俄战争爆发,3 月 4 日经内藤湖南的举荐,二

---

① [日]中村光夫:《"不如早死好"——二叶亭四迷传》,刘士明译,湖南人民出版社,1987,第 202 页。

② [日]中村光夫:《"不如早死好"——二叶亭四迷传》,刘士明译,湖南人民出版社,1987,第 202 页。

③ [日]中村光夫:《"不如早死好"——二叶亭四迷传》,刘士明译,湖南人民出版社,1987,第 206 页。

叶亭四迷被《大阪朝日新闻》社聘为驻东京特派员,主要任务是"浏览俄国的报章杂志,将读者感兴趣的报道和评论翻译过来在《大阪朝日新闻》上发表"①。4 月 20 日,《大阪朝日新闻》发表了二叶亭四迷的首篇报道《敌国从军记》,之后接连发表了他的《摩天岭逆袭》《哈尔滨通信》《满洲实业指南》等文章,但是总体来说数量并不多。由于二叶亭四迷与编辑部在很多问题的看法上不能达成一致,所以逐渐产生了矛盾。1905 年 3 月,二叶亭四迷一度被《大阪朝日新闻》劝退,幸亏《东京朝日新闻》的主笔池边三山从中斡旋才幸免于失业。同时在池边三山的鼓励下,二叶亭四迷创作了小说《面影》和《平凡》,分别于 1906 年和 1907 年在《东京朝日新闻》上连载,这两部小说和《浮云》一起成为二叶亭四迷的代表作。

　　1908 年春天,俄国作家涅米诺维奇·丹钦科访问日本,当时他的身份是《俄罗斯论坛》的主编兼记者。丹钦科在日期间,二叶亭四迷作为《东京朝日新闻》的代表全程陪同兼做翻译。丹钦科很欣赏二叶亭四迷,于是举荐二叶亭四迷作为《东京朝日新闻》社的特派员去彼得堡考察,这一建议得到了《东京朝日新闻》社的采纳。去俄国考察是二叶亭四迷的夙愿,因此得知这一消息时他非常兴奋。6 月 12 日,二叶亭四迷乘车赶往新桥,13 日抵达大阪,随后赶往敦贺去迎接刚刚从俄国回来的满铁总裁后藤新平。14 日他会见了后藤新平,并乘车陪同后藤新平从敦贺到米原。二叶亭四迷特地买了一等车票,得以在一等车厢和后藤新平促膝长谈。后藤新平在和二叶亭四迷聊天时谈到,如果想要搞活满洲铁路,务必要与俄国携手合作。二叶亭四迷也表示,自己去俄国之后要通过报纸等媒介着重向俄国人介绍南满铁路等相关情况。在 6 月 6 日文坛的朋友为他举办的送别会上,二叶亭四迷表示赴俄后要努力促进日俄亲善,"要尽力促进日俄文化交流,而他赴俄的主要目的是想为

---

　　① 〔日〕中村光夫:《"不如早死好"——二叶亭四迷传》,刘士明译,湖南人民出版社,1987,第 213 页。

日俄不再交战贡献一分力量"①。但是从他出国前特地会见满铁总裁后藤新平这一细节来看,所谓日俄亲善只不过是日俄列强暂时停战,以实现共同侵略和掠夺中国而已。

6月17日,二叶亭四迷从神户乘坐"神户丸"前往大连,6月22日抵达大连。因为是故地重游,所以二叶亭四迷感慨颇多。"大连也是曾游之地。初来此处是在(明治)三十五年的夏天,第二次来是在翌年三十六年的夏天。那时还是俄国掌中之物。不知何故,我所到之处都被误解为军事奸细……"②当他看到俄国人修建的高楼大厦时感到俄国力量的强大,不由得为日本的前途而忧心忡忡。1894年8月1日,中日甲午战争爆发,1895年3月30日日军占领辽东半岛。同年4月23日,俄国出于自身利益考虑,联合法国和德国逼迫日本向清政府归还辽东半岛。1898年3月27日,俄国以干涉还辽有功为由,强迫清政府签订了《旅大租地条约》,3月28日俄军占领旅顺,张贴《接管旅大金地方布告》,自此旅顺、大连被俄国占领。

二叶亭四迷前两次去大连时,大连城市建设已经初具规模,其政治、经济等各个领域都处于俄国的掌控之中。而且那时候处于日俄战争的前夕,日俄关系紧张,日本人自然受到了特殊的"关照"。1904年2月10日,日俄战争正式爆发,5月30日日军占领大连。1905年1月13日俄军投降,日军占领旅顺。同年9月,俄国把旅顺和大连的租借权转让给日本,此后旅顺和大连一直在日本人的掌控之中。因此当二叶亭四迷于1908年6月22日再次登陆大连时,虽然旧景均在,但是心情却大不相同:"五年后第三次来大连,看到巨大的码头突入大海、大厦高楼巍然耸立在宽阔街道的左右两边,这景象虽然与昔日并无二致,但是在

---

①　[日]中村光夫:《"不如早死好"——二叶亭四迷传》,刘士明译,湖南人民出版社,1987,第280页。

②　[日]二葉亭四迷:『二葉亭四迷全集』(第四卷),筑摩書房,1985,第103頁。

道路上行走的皆我同胞,铺面的招牌皆我四角之日本字。没有一个人因怀疑我是军事奸细而特别留意,可以毫无顾忌地大摇大摆地走在大道上。我高兴得不得了,从码头到信浓镇辽东宾馆的途中,我指着左右两边看到的建筑物说个不停。那个以前是医院,在那边看到的建筑物以前是旅馆,高兴得几乎要从马车上跳起来。"①当二叶亭四迷欢呼雀跃地行走在大连街头时,竟然丝毫没有意识到日本帝国主义正在侵略中国、正在蹂躏中国民众,反倒怀着兴奋的心情把在大连的见闻写进了游记《入俄记》,发表在同年 7 月的《东京朝日新闻》上。日本国内的民众大概也会怀有和二叶亭四谜一样的兴奋心情吧,这是多么可恨又可悲的事情啊。

二叶亭四迷在大连住了几天后启程,于 6 月 27 日到达哈尔滨,并在此停留了几日,7 月 6 日通过贝加尔湖,10 日越过乌拉尔山,12 日抵达莫斯科,15 日到达圣彼得堡。因为圣彼得堡房租物价高昂,迫不得已,二叶亭四迷租住了西伯利亚·斯塔布里亚尔尼街的一间公寓,房租只有旅馆的五分之一。一直到 1909 年 3 月 18 日因肺病住院为止,他都一直居住在那里。在圣彼得堡期间,他向国内发回了大量的电报,涉及俄国的政治、经济、外交等各方面的问题。1909 年 3 月 5 日,二叶亭四迷被确诊为肺结核。3 月 18 日住院治疗,4 月 5 日启程回国治疗,5 月 10 日由科伦坡驶向新加坡的途中病逝,后来遗体被安葬在新加坡。1937 年《二叶亭四迷全集》共八卷由岩波书店刊行,此后岩波书店又在 1953 年和 1964 年分别出版了 16 卷本和 9 卷本的《二叶亭四迷全集》。小说《浮云》的真正价值和二叶亭四迷对日本近代文学史的贡献也逐渐被人们理解和肯定,对二叶亭四迷文学的研究也在不断深入,但是我们不应忘记二叶亭四迷的两次中国之行,不能忽略深藏于二叶亭四迷心中的极端民族主义和殖民主义思想。

---

① 〔日〕二葉亭四迷:《二葉亭四迷全集》(第四卷),筑摩書房,1985,第104 页。

第二节　明治时期随军记者的中国纪行

一、国木田独步与《爱弟通信》

国木田独步是日本近代著名的诗人、小说家。据国木田家的户籍记载，国木田独步 1871 年出生，乳名龟吉。关于龟吉的出身，至今仍然是一个未解的谜团。据传闻，龟吉是其父国木田专八的私生子，但是年代久远，缺乏有力的证据。另据国木田家的户籍记载，龟吉是国木田专八的第一任妻子和前夫所生，但是因为明治时期户籍伪造并非罕见，所以户籍记载也难以成为确证。少年时期龟吉随父母辗转各地，学业时断时续。上小学时他非常活泼调皮，但是成绩一直很好，而且晚上还在私塾学习汉文。1885 年 9 月，龟吉进入山口中学，开始了寄宿生活，受当时教育的影响，开始崇拜政治家，后因国家改革教育制度而被迫退学，转入法律学校。1888 年 5 月，他考入东京专门学校（现在的早稻田大学）英语系学习。1889 年 7 月 10 日，国木田龟吉正式改名为国木田哲夫，户籍上也作了变更。在学期间他开始关心政治，一度转入政治系学习，立志当一名政治家。1889 年《大日本帝国宪法》发布，明治初年开始的自由民权运动借此又兴盛了起来。国木田哲夫此时开始接近教会，并在 1891 年 1 月 4 日接受牧师植村正久的洗礼加入基督教。2 月东京专门学校发生罢工，3 月国木田哲夫决定退学回乡，并在月末提交了退学申请。5 月 1 日国木田哲夫从新桥站出发，踏上了归程。5 月 4 日他回到父母居住地山口县熊毛郡麻乡村，9 日接受征兵检查，结果不合格。此后国木田哲夫在家乡开了一间私塾，指导学生学习。1892 年

6月,国木田哲夫和弟弟国木田收二一同上京,再次接近教会及文学青年。1893年2月,进入自由党机关杂志社自由社,从事《青年文学》的编辑工作。不久《青年文学》停刊,对于今后是做一名诗人还是教师,抑或去当一名新闻记者,国木田哲夫对自己的前途犹疑不决。后来在德富苏峰的劝告下决心到大分县佐伯鹤谷学堂任副校长,并于9月和弟弟国木田收二一起到达佐伯。佐伯优美的自然风景深深地感染了国木田哲夫,就是从那时开始养成了他日后作为一名作家和诗人的独特气质与感悟能力。

1894年7月30日,国木田哲夫从鹤谷学堂辞职,8月1日乘船离开佐伯,彼时中日甲午战争已爆发。同年9月17日,在德富苏峰的介绍下进入国民新闻社工作。10月1日应德富苏峰之邀,他决定作为海军随军记者报道中日甲午战争的战况。众所周知,德富苏峰是日本典型的右翼思想家,曾炮制大日本膨胀论,极力鼓吹战争,宣扬日本的军国主义,二战后曾被列为"甲级战犯"嫌疑人。早在1894年6月3日,德富苏峰在《国民之友》上就发表了《日本国民的膨胀性》,认为德川时代日本的历史是收缩的历史,现今是膨胀的时代,宣扬随着国民人数的增加,移居海外势在必行,鼓吹对外扩张。同年7月23日,他又在《国民新闻》上发表了社论《良机》,认为清政府给了日本开战的借口,正是收缩的日本向膨胀的日本转换的好机会,应该和清政府决战以振兴国运。在这种帝国主义思想的指导下,当中日甲午战争爆发后,德富苏峰派出了几十名随军记者,其中也包括国木田哲夫。13日下午9点50分,国木田哲夫从新桥出发,15日上午8点多到达广岛,然后从民友社办事处领取从军许可证,晚上登上西京丸,16日早晨6点多从宇品港起航,19日傍晚换乘千代田舰,开始了随军生涯。此后国木田哲夫写的《海军从军记》在《国民新闻》上连载,因为大部分文章都是以"爱弟"开头,所以在国木田哲夫去世后,出版社把《海军从军记》以《爱弟通信》为书名出版发行了。

国木田哲夫在《爱弟通信》的《旅顺陷落后的我舰队》中写道:"爱

弟,我在 26 日早晨动笔给你写信。……昨天(25 日)短时登陆。不用说并非旅顺港内,而是馒头山炮台的海岸。同行者有水兵下士十几名,还有年轻的会计田中、少尉藤木以及候补生小贯。登陆的目的是捕杀可供食用的牛。在旅顺的战地,清人尽数逃遁,平原丘陵,只见牛、猪和驴在逍遥地长鸣。对于早已难以忍受罐头食品的军舰上的众人,见状怎会错过如此良机。或肩扛步枪,或腰佩长刀,从各个舰船下来登陆的人三五成群。

"爱弟,我第一次看到了'死于战斗的人',有人死于刀剑,有人死于枪。

"不消说,那都是一些清兵。……冷云漠漠、荒野茫茫、天地陆海、俯仰环视,目光所到之处皆成惨淡之色。

"'战'这个文字,这个怪异、令人恐惧、血腥的文字,咬噬人类如同妖怪一样的文字,千古以来如蛇一般横穿、蠕动在世界历史之中的文字,这个不可思议的文字,至今为止,对我来说只不过是一个听惯、说惯、读惯了的死文字而已,但是当我看到这具死尸之后,它忽然变成了一个鲜活的、有意义的文字,它开始悄悄告诉我一种一言难尽的秘密。是的,我有如此之感。"①

　　由于国木田哲夫是作为海军报道记者从军的,所以他大部分时间都是在军舰上面的,很少登陆,更谈不上深入内陆调查。这次馒头山炮台的海岸登陆是他为数不多的登陆经历之一。这次的登陆经历,让他看到了战争的惨烈,认识到了战争的可怕。文章中对旅顺荒凉景象的描写,客观地再现了日本侵略军对中国人民造成的伤害。他对日军登岸掠夺捕杀牲畜的描写,也从一个侧面反映了日军的残暴和侵略的本性。纵观《爱弟通信》全书,虽然作者难以逃脱历史的局限,不自觉地带有帝国主义视角,但是在一定程度上再现了当时的历史,对中国及民众

---

　　① ［日］松村定孝等:『近代日本文学における中国像』,有斐閣,1975,第 21-22 页。

也给予了一定的同情。

　　1895 年 3 月 5 日,中日甲午战争接近尾声时,国木田哲夫离开千代田军舰动身回广岛。3 月 30 日,他回到东京,不久辞去了记者职务,4 月 30 日进入德富苏峰主持的民友社,任《国民之友》编辑,6 月 9 日出席了为从军记者举办的招待晚宴,并在宴会上认识了未来的妻子佐佐城信子。虽然和佐佐城信子历经波折,但是在德富苏峰的撮合下最终在 11 月 11 日完婚。然而好景不长,由于种种原因二人于翌年 4 月黯然离婚。为了抚平内心的创伤,在内村鉴三的劝告下,国木田哲夫去京都小住了两个月。其间,曾请求内村鉴三资助其赴美国留学,却没有成功。国木田哲夫回到东京后结识榎本治子并与其在翌年结婚。1897 年,他在《国民之友》的 10 月 10 日号上首次用“国木田独步”署名,从此以后“国木田独步”这一笔名被频繁使用。后人据其笔名常称之为国木田独步。1899 年春天,为了生活,国木田独步加入了《报知新闻》编辑部,后因薪资太低而转入《民声新报》。1901 年,他和主编星亨力图竞选议员,结果因星亨力图被杀而作罢。同年 3 月,民友社出版了他的第一本小说集《武藏野》。国木田独步主要的作品都是从 1901 年直到去世为止的七八年内创作出来的。1908 年 6 月 23 日,国木田独步因肺结核病逝。

二、田冈岭云与中国

　　田冈岭云是日本著名的评论家、思想家和作家,1870 年 11 月 21 日出生于高知县土佐郡石井村。自童年时期开始他就受到自由民权运动的影响,1882 年从小学中途退学,进入立志社经营的高知共立学校学习,同时加入市内民权结社之一的岳阳社,开始尝试政治讲演。他 1890 年 1 月入京,进入水产传习所(今东京水产大学)学习,受教于内村鉴三,翌年 9 月考入文科大学(今东京大学)汉文科,在学期间撰写了批判山路爱山俳句论的评论文章,开始了评论生涯。1894 年大学毕业,田冈岭云和同学一起创办了《东亚说林》,但是不久后停刊,此后曾任《青年文》的主笔,同时在各种杂志上发表评论文章。1896 年 5 月,他离开东京去冈山县津山中学任汉语教师,翌年 11 月因为失恋返回东京,担任《万朝报》记者,同时兼任《文库》作者。这一时期,田冈岭云主张进行明治维新后第二次革命,彻底推倒藩阀,并认为罢工是有效的手段之一。1899 年 3 月,他出版第一部评论集《岭云摇曳》,一个多月竟然畅销两万余册,一时名声大振。同年,田冈岭云受东藤田豊八推荐,决定赴上海在罗振玉经营的日本语学校担任日语教师。藤田豊八是田冈岭云东大时期的校友,比田冈岭云低一年级,二人关系密切。藤田豊八比田冈岭云早两年来到上海,结识了倡导近代教育的罗振玉,为中国近代教育做出了一定的贡献,曾获得一枚清政府颁发的荣誉勋章。6 月 5 日,田冈岭云从长崎乘船出发,经过两天的航行抵达上海。这一时期,田冈岭云与汪康年、唐才常等康有为派的政客文人交往密切。在上海期间,田冈岭云在思想上彻底从天皇制信仰中解放出来。1900 年 6 月 4 日,田冈岭云因病回国。

　　1899 年秋天,义和团运动(或称庚子事变、庚子国变、庚子拳乱,日本称北清事变)爆发。中国甲午战败后,西方列强对华渗透侵略日益加重、对清廷控制日益加深,在中国北方发生了以华北农民和部分清军为主体,以“扶清灭洋”为口号,针对在华西方人及基督徒的保国保种暴力运动,并间接引发了八国联军侵华战争,日本是主要侵略者之一。在这种背景下,日本各大媒体向中国派出了大量的特派记者。1900 年 6 月 23 日,田冈岭云接受《九州日报》主笔白河鲤洋的劝诱,作为《九州日报》的特派员赴中国进行战地报道,同年 7 月 16 日回国。短短三周多的时间里,田冈岭云写了多篇具有反战色彩的文章发表在《九州日报》上。1900 年 9 月,这些从军纪行以“战袍余尘”为题和宫崎来城的《强欺弱欺》编成一册,以“侠文章”为题出版。后来《战袍余尘》改名为《北清杂感》,收录在《岭云文集》中,其中反战色彩较强的 17 篇被删掉了。

1900 年 8 月,田冈岭云出任冈山《中国民报》主笔,翌年春天在《中国民报》上揭露冈山县知事贪污,结果却以"官员侮辱罪"被起诉,一时无辜蒙受牢狱之灾,这期间他写出了《下狱记》。1903 年秋天,日俄关系愈加紧张,战争大有一触即发之势。此时的田冈岭云虽然也时常给倡导非战论的《平民新闻》投稿,但是另一方面从所谓的"亚洲解放"的观点出发也支持开战论,由此可见田冈岭云当时并没有真正认识到日俄战争的侵略本质。1905 年 4 月,他的包含社会主义研究文章的第四部评论集《壶中观》在刊行之前被禁止发售。此后一直到田冈岭云去世为止,除了第五部评论集之外,他几乎所有的著作都被禁止公开出售。同年 9 月,日俄战争刚刚结束之时,田冈岭云第三次来到中国,担任江苏师范学堂教师,1907 年因病回国。1911 年 6 月开始,他在《中央公论》连载自传《数奇传(命运多舛传)》,1912 年 9 月 7 日去世。

三、田山花袋与《第二军从军日记》

田山花袋是日本自然主义文学的旗手,1872 年 1 月 22 日出生于群马县,本名田山录弥。1877 年 2 月,他的父亲田山鋪十郎报名加入警视厅别动队,参加了西南战争;4 月,在熊本县益城郡饭田山麓战役中阵亡。1878 年,田山花袋进入馆林学校东校学习。1883 年,他 12 岁,走读于吉田陋轩的私塾,开始学习汉诗文。1885 年 5 月写作编辑了处女汉诗集《城沼四时杂咏》,并开始给《颖才新誌》投稿。1886 年 3 月,从小学高等科毕业。同年 7 月,因为哥哥在修史馆(后来的东京大学史料编纂所)就职,所以举家迁往东京。这一时期,田山花袋开始立志做一名军人。1888 年,他进入明治会学馆学习英语,开始阅读西欧文学,并学习元禄文学,写作编纂了汉诗集《买山楼初集》。1891 年拜入尾崎红叶门下,开始接近砚友社,经尾崎红叶介绍在江见水阴(早期属于砚友社)主持的杂志社当编辑,同年 10 月发表处女作《瓜田》。1892 年 3 月,田山花袋开始在《国民新闻》上连载小说《落花村》，第一次使用了"花袋生草"的笔名。1893年7月发表了真正的处女作《小诗人》。田山花袋的早期作品，从总体来看具有较浓重的抒情色彩，其文风并不接近砚友社，相反更接近北村透古、早期的森鸥外和岛崎藤村。

　　1896年，田山花袋结识岛崎藤村和国木田独步，受他们的影响，尤其是受到了国木田独步的小说《源叔父》的影响，作品风格开始逐渐由抒情转为客观写实。1899年经大桥乙羽介绍进入博文馆工作。1904年2月在《太阳》杂志上发表了评论《露骨的描写》，提倡依据事实的原本来自然地描写事实，主张再现自然的无技巧主义。这如同一份宣言，宣告了日本自然主义文学运动的开始。1906年岛崎藤村自费出版《破戒》，1907年田山花袋发表了小说《棉被》，两部作品成为日本自然主义文学的奠基之作，终结了"红露逍鸥"的时代，开启了一个新的文学时代。

　　1904年2月，日俄战争爆发，日本与俄国为了侵占中国东北和朝鲜半岛，在中国东北的土地上进行了一场旷日持久的战争，这场战争直到1905年9月以沙皇俄国的失败而告终。令人气愤的是，日俄战争的陆上战场是在清朝本土的东北地区进行的，而清朝政府却被逼宣布中立，甚至为这场战争专门划出了一块交战区。日俄战争使日本在东北亚取得了军事优势，并取得在朝鲜半岛、中国东北驻军的权利，令俄国的扩张受到阻挠。和中日甲午战争时期一样，日俄战争时期，日本各大报社也向中国东北派出了大量的随军记者，田山花袋就是其中一员。1904年3月，受日俄战争的影响，《日俄战争写真画报》开始筹备，并于次月创刊发行。此时，田山花袋受博文馆委派以第二军从军写真班主任的身份从军，并于3月23日从东京出发。在中国登陆后先后参加了金州、南山、得利寺、盖平、大石桥、辽阳等地的战役。1904年8月因疑似感染伤寒而住进海城的兵战医院。同年9月13日从大连出发回国。

　　1905年1月，田山花袋在从军时写的诸多《观战记》被汇总成《第二军从军日记》出版。在该书的序言中作者写道："我从东京出发是在3

月 23 日下午 9 点半。从宇品出发是在 4 月 21 日下午 3 点,然后同年 9 月 19 日下午 3 点在新桥停车场的站台下车,历时 183 日。其间遭遇敌人袭击狼狈不堪之时有之,险遭俘虏仓皇逃走之时有之,遭炮弹密集轰炸险些阵亡之时有之,罹患严重热病做好死亡准备之时有之,总之出入所谓生死之境的经历不在少数。"①与国木田独步不同,田山花袋作为陆军从军记者遍走战场,所以更加深入地接触了战争。作为从军记者,田山花袋在日俄战争期间力图站在一个旁观者的立场上来观察和记录整个战争。而桥川文三认为《第二军从军日记》一书的真正价值就在于作者把"所看、所闻、所感之处全部毫无遗漏地、毫无顾忌地写了下来"②。这次从军经历对于田山花袋来说是极为重要的人生体验,也成为他从浪漫主义向自然主义转变的重要契机之一。关于这一点,田山花袋自己也有预感,他在《第二军从军日记》的序言中写道:"我从军亘古未有的征俄战争,真是天赐良机。自不待言,炮烟弹雨对我幼稚的思想产生了极大的影响,而且我想我看到了人类最大的悲剧和人类最大的事实。"③虽然作者在战记里面也描写了战争的惨烈,但是因为参加了侵略战争而获得了思想上面的转变与成熟,并因此而兴奋,这不得不说在一定程度上反映了作者对人道主义的漠视。而且作者几乎没有提及日俄战争对中国造成的伤害,显示了对中国民众的漠视。另外,作为日军从军记者看到日军节节胜利,田山花袋也不自觉地流露出胜利者的喜悦。"我等时常在心头惦念的旅顺坚塞,也为我神武无双的海陆军所降服,呈现出皇威所到之处草木皆靡的盛况"④,田山花袋和多数从军记者一样,往往忽视了日俄战争的本质,并或多或少流露出帝国主义的情绪。

---

① [日]桥川文三:《現代日本記録全集 6 日清·日露の戦役》,筑摩书房,1970,第 173 页。
② [日]桥川文三:《現代日本記録全集 6 日清·日露の戦役》,筑摩书房,1970,第 173 页。
③ [日]松村定孝等:《近代日本文学における中国像》,有斐阁,1975,第 35 页。
④ [日]松村定孝等:《近代日本文学における中国像》,有斐阁,1975,第 35 页。

1912 年,田山花袋从博文馆退职,成为职业作家。1923 年 1 月,《花袋全集》全 12 卷由花袋全集刊行会出版。同年 3 月,田山花袋动身前往满洲和朝鲜旅游,依次游历了大连、太沽、天津、北京、奉天、哈尔滨,随后进入朝鲜,6 月回国。回国后根据这次旅游经历著有《满鲜游览》,于 1924 年 11 月出版。1927 年 2 月,其晚年代表作《白夜》开始在《福冈日日新闻》上连载。1928 年 10 月,他曾前往满洲和蒙古旅行,1930 年因病去世。

第三节　大正时期日本作家访华游记中的江南形象

日本明治维新以来,大量日本人怀着各种目的踏上中国土地,足迹遍布中国大江南北。来华日本人中既有普通民众、学生,也不乏官员、商人、作家、汉学家、艺术家,等等。在来华各色人等中留下丰富游记资料并产生较大影响的无疑是访华作家,他们在游记中记录下了当时中国的风土人情,回国后公开在刊物上发表甚至结集出版,在社会上影响深远。可以说,近代日本作家的访华游记在很大程度上塑造了当时日本人心中的中国形象,影响了日本普通民众的中国观。本节拟以大正时期(1912—1926)日本作家访华游记为中心,集中探讨访华游记中呈现出来的中国江南形象,从一个侧面对近代日本作家访华游记进行深入研究。

在日本近代历史上,相较于明治时期(1868—1912)和昭和时期(1926—1989),大正时期是一个相对短暂的时期。但是大正时期具有承上启下的历史作用,而且在大正时期的日本、中国乃至世界都在发生巨变。1912 年,中国进入中华民国时期,同年日本进入了大正阶段,两国几乎同时进入新旧交替的历史阶段。1914 年 7 月至 1918 年 11 月,爆发了长达四年的第一次世界大战,中国和日本也被卷入其中。第一次世界大战期间,日本借机侵占山东,日本殖民主义在中国的势力逐渐扩张。此外,由于日本资本主义的发展,中国成为日本重要的原料供给国和产品输出国,日本与中国的经济日益密切。与此同时,第一次世界大战在客观上加速了中国的民族解放运动,同时也促进了中国民族工业的发展。19世纪末萌芽的中国民族资本主义经济在20世纪初得到了快速发展,江浙等中国沿海地区的经济发展尤为迅速,上海已经初具国际大都市的雏形。

　　大正时期,大量日本人涌入中国,其中包括许多著名的作家和学者。大正时期的访华作家以独特的眼光审视动荡变化中的中国,以细腻的笔触描绘了当时中国的历史风貌,向日本人展示了不同于明治时期的中国形象。限于篇幅,本节主要研究大正时期访华作家游记中的江南形象。江南在中国历史文化中是一个比较宽泛的概念,不同时期其内涵与外延都有所不同。出于研究上的需要,本节所指江南主要指上海及江浙地区。上海及江浙地区毗邻日本,经济发达,而且许多城市拥有深厚的历史文化底蕴,因此在大正时期,该地区成为众多日本人,尤其是日本作家来华的必游之地。大正时期访华主要作家及游记如表1-1所示。

表 1-1　大正时期主要访华作家及游记一览(以访华时间为序)

序号	访华作家	访华起止时间	江南游历 (主要城市)	主要游记及发表时间
1	木下杢太郎	1916 年至 1920 年	南京、镇江、苏州、上海、杭州	《中国南北记》(1926 年)
2	德富苏峰	1917 年 9 月 15 日至 12 月 9 日	南京、扬州、上海、杭州、苏州	《中国漫游记》(1918 年)

续表

序号	访华作家	访华起止时间	江南游历（主要城市）	主要游记及发表时间
3	河东碧梧桐	1918 年 4 月至 7 月	上海、杭州、苏州、镇江、南京	《游中国》(1919 年)
4	谷崎润一郎	第一次：1918 年 10 月至 12 月	南京、苏州、上海、杭州	《苏州纪行》(1919 年 2 月)《中国旅行》(1919 年 2 月)《南京夫子庙》(1919 年 2 月)
		第二次：1926 年 1 月至 2 月	上海	《上海见闻录》《上海交游记》
5	芥川龙之介	1921 年 3 月至 7 月	上海、杭州、苏州、扬州、南京	《上海游记》(1921 年)《江南游记》(1922 年)
6	田中贡太郎	1923 年春天	上海	《上海瞥见记》(1923 年)
7	村松梢风	第一次：1923 年 3 月至 5 月	上海、南京、杭州	《魔都》(1924 年)《上海》(1927 年)《中国漫谈》(1928 年)《续中国漫谈》(1938 年)《中国风物记》(1941 年)《上海的回忆》(1947 年)
		第二次：1925 年 4 月至 5 月	上海	
		第三次：1925 年 6 月	上海	
		第四次：1925 年 11 月	上海、杭州	
8	迟塚丽水	1925 年 3 月至 6 月	上海、杭州、苏州、南京	《新入蜀记》(1926)

续表

序号	访华作家	访华起止时间	江南游历（主要城市）	主要游记及发表时间
9	金子光晴	1926 年 4 月	上海、南京、杭州	《上海通讯》(1926 年 6 月) 《南支游记》(1926 年 10 月) 《古都南京(1)》(1926 年 10 月) 《古都南京(2)》(1926 年 10 月)

注 1：这里只列出了大正时期到访过我国江南地区的主要日本作家。

注 2：上述访华作家的足迹大都遍布中国南北各地，这里只列出了江浙等地的主要城市。

注 3：一般认为《魔都》《上海》等作品虽然修辞上有所润色，但是基本上属于纪实性文学。

注 4：关于金子光晴的访华时间，参考了徐静波的相关考证。①

一、水乡江南

中国江南水资源丰富，江河、沟渠纵横交错，近海且多湖泊。在德富苏峰、谷崎润一郎等访华作家笔下，中国江南被描绘成了美丽的江南水乡，风景如画，令人流连忘返。可以说这些访华作家的江南游记逐渐在日本人的心目中树立起了美丽的江南水乡形象。

德富苏峰是日本著名的作家和思想家，曾经在 1906 年 5 月至 8 月来中国旅游，著有《七十八日游记》。这次旅游使德富苏峰对中国江南

---

① 徐静波：《近代日本文化人与上海》，上海人民出版社，2013，第 106-110 页。

水乡的印象颇好，认为西湖"冷也好热也罢，西湖绝景不负绝景之名"①，因此羡慕杭州领事的工作："我本来是个不想做官的人，如果一定要让我做的话，我希望是在这里当一个月的领事。"②大正六年（1917年）9月至12月，德富苏峰再次来中国旅游，这一次比上一次旅游时间更长，旅游之地更广。他在南方依次游览了南京、镇江、扬州、上海、杭州、苏州等地，回国后写有《中国漫游记》。因为德富苏峰此行不负有任何使命，纯粹是个人旅游，因此心情上很轻松："像我这样的漫游客，只需要优哉游哉地走走停停，看有趣的事，听令人愉快的话，和中国赤身裸体地亲密接触。这样，我就满足了。"③而且德富苏峰旅游期间时值秋季，又恰逢好天气，所以一路尽享美丽秋色，心情大好。在江南，德富苏峰多半是乘船旅行。11月7日，他乘船从芜湖去南京，途中对长江景色赞叹不已："长江的景色一如既往的美妙。……岸边的杨柳还没有退去绿色；荻花芦花白得似雪，和点缀在江中的白帆交织在一起。这片片白色，和流向天际的滚滚浊流形成鲜明对比，呈现出别样的风景。"④在南京，德富苏峰乘坐画舫去利涉桥，虽然秦淮河的水不是很干净，但是因为能够品尝到江南霜蟹、看到具有六朝风情的利涉桥，因此感觉"这次旅行实在是太妙了，在我一生之中其他旅行都无法比拟"⑤。在镇江，德富苏峰参观了金山寺和甘露寺，并远眺长江，尽览长江美景。11月10日，德富苏峰雇了一艘蒸汽船去扬州，淮南运河让德富苏峰颇为感叹，并联想到

---

①　[日]德富苏峰:《中国漫游记》，张颖、徐明旭译，江苏文艺出版社，2014，第397页。

②　[日]德富苏峰:《中国漫游记》，张颖、徐明旭译，江苏文艺出版社，2014，第396页。

③　[日]德富苏峰:《中国漫游记》，张颖、徐明旭译，江苏文艺出版社，2014，第212页。

④　[日]德富苏峰:《中国漫游记》，张颖、徐明旭译，江苏文艺出版社，2014，第125页。

⑤　[日]德富苏峰:《中国漫游记》，张颖、徐明旭译，江苏文艺出版社，2014，第129页。

苏伊士运河。扬州游览之后德富苏峰去了杭州,重点游览了西湖景区,美丽的湖光山色让他流连忘返。在杭州期间,德富苏峰还曾游览了紫阳峰,并在峰顶八卦石上眺望杭州:"东边,钱塘江的风帆出没在秋烟淡霭中。西面,西湖的小岛、楼台、扁舟和盈盈碧水交错在一起。我静静地望着这幅美景,贪婪地想一直看下去。"①

谙熟中国唐宋诗词的德富苏峰在旅途中诗兴大发,曾作诗多首,如:"六朝金粉水悠悠,南北风云今亦愁。独立金山寺边望,淡烟一抹是扬州。"②"秋江渺渺望无涯,返照金鳌塔影斜。三国六朝皆逝水,白帆如鹭入芦花。"③"平田一望半收禾,柳浦桑村次第过。胜景已知杭府近,翠松树里锦枫多。"④"青山接水水连弯,菱陌杨堤指顾间。须记荷枯枫老处,与君终日绕湖还。"⑤以此表达自己对于江南水乡的喜爱之情。

谷崎润一郎是日本著名的唯美派作家,著有《春琴抄》《细雪》等名作。谷崎润一郎在 1918 年 10 月至 12 月第一次来中国旅游,在江南地区主要游览了南京、苏州、上海、杭州等地。这次中国之行对谷崎润一郎的文学创作产生了深远的影响。谷崎润一郎根据这次旅游经历著有《苏州纪行》《中国旅行》《南京夫子庙》等游记,《中国料理》《观中国戏剧记》等随笔,以及《秦淮之夜》《西湖之月》等小说。在江南旅游时,谷崎润一郎主要利用水路,一路乘船漫游江南。谷崎润一郎对江南水乡表现出异乎寻常的喜爱。在南京,他白天乘坐画舫游览秦淮河,尽情品味

① [日]德富苏峰:《中国漫游记》,张颖、徐明旭译,江苏文艺出版社,2014,第156 页。

② [日]德富苏峰:《中国漫游记》,张颖、徐明旭译,江苏文艺出版社,2014,第137 页。

③ [日]德富苏峰:《中国漫游记》,张颖、徐明旭译,江苏文艺出版社,2014,第135 页。

④ [日]德富苏峰:《中国漫游记》,张颖、徐明旭译,江苏文艺出版社,2014,第153 页。

⑤ [日]德富苏峰:《中国漫游记》,张颖、徐明旭译,江苏文艺出版社,2014,第157 页。

江南水乡情趣,晚上也流连于秦淮河两岸。在苏州,谷崎润一郎参观了留园、虎丘、寒山寺等名胜古迹,但是给他留下最深刻、最美好印象的还是江南水乡特有的标志"水"和"桥"。谷崎润一郎在回国后写的游记《苏州纪行》中表达了对苏州运河的喜爱:"即使寒山寺本身无趣,但是其附近运河的景色——枫桥、铁岭关附近的风光,我至今都不能忘怀。"①因为喜欢水乡的景色,尤其是喜欢流经城市的河流的景色,所以谷崎润一郎在苏州四天的旅程中,有两天是乘坐画舫畅游运河,尽情欣赏运河及沿岸的景色,在江南水乡的美景中如痴如醉。江南水乡的另一大特点是桥多。运河贯穿苏州,因此苏州的桥多达百座。吴门桥、饮马桥、乐桥、兴寺桥、装家桥、香花桥、草家桥、四义桥等,看得谷崎润一郎眼花缭乱。而且各座桥大多是拱形石桥,侧面望去如彩虹般横卧在水面上,美不胜收。在中国江南的旅游,激发了谷崎润一郎对江南水乡的喜爱,他把江南水乡的美景与情趣写进了多篇游记、散文甚至小说中,对中国江南水乡形象在日本的传播起到了巨大的推动作用。

二、魔都上海

村松梢风是日本的小说家和随笔作家,著有《琴姫物語》《近世名匠传》《本朝画人传》等著作。在日本国内,村松梢风算不上是影响很大的作家。但是在访华作家群体中,村松梢风占有重要的地位。村松梢风在大正时期曾多次访华,著有《魔都》《上海》《中国漫谈》《续中国漫谈》《中国风物记》《回忆上海》等多部与中国江南尤其是上海有关的纪实性著作。村松梢风为中国江南塑造了不同的形象,尤其值得一提的是,村松梢风成功塑造了上海的魔都形象,在大正末年至昭和初年引发了日本作家的上海旅游热潮。

---

① ［日］谷崎潤一郎:《上海交遊記》,みすず書房,2004,第3页。

1923 年 3 月至 5 月，村松梢风第一次来中国游历，主要游览地是上海。当时的上海已经初具国际大都市的雏形，经济发达、商铺林立，娱乐场所众多，极度繁华。每当夜幕降临，到处都是灯红酒绿、歌舞升平，宛似人间天堂。然而，上海居住人口组成复杂、鱼龙混杂，社会上赌博、吸毒、嫖娼盛行，犯罪多发，又似人间地狱。光明与黑暗并存、天堂和地狱一体的上海带给村松梢风极大的心理冲击，因此他把上海称为"魔都"。在纪实性作品《魔都》中，村松梢风详细地描绘了自己所观察到的上海的矛盾形象。村松梢风首先感受到的是上海光鲜的一面。他是在 3 月末到的上海，感觉上海的天气要比东京温暖得多，杨柳已经吐绿，桃花和樱花已经绽放。在上海公园游玩时发现公园入口有印度人巡警站岗值班，公园里游玩的人很多，有单身女性，有和家人一起来的，还有与恋人一起来的。路边美丽的花朵竞相绽放，蝴蝶在周边翩翩飞舞。此时，村松梢风眼中的上海肯定是一片祥和。另外，村松梢风也感受到了上海的繁华与喧嚣。那时上海盛行跳舞，大一些的宾馆和西餐馆一般都设有舞厅。在上海的高级舞厅，一直到次日凌晨四五点才会曲终人散。"上海全市是不夜城。……无论是饭馆、西餐馆、旅馆、酒馆还是艺妓馆、妓院都是通宵营业。"①

村松梢风通过耳濡目染，也感受到上海同时具有黯淡的一面。他来到上海后听到了很多让人毛骨悚然的传闻。比如，日本妇女在光天化日之下，在繁华的南京路上被公然绑架；丈夫和妻子分乘黄包车前后而行，途中丈夫一回头，竟然发现妻子失踪了；日本绅士中了西洋女子的美人计，结果财物被洗劫一空。不仅如此，"偷窃、杀人、诈骗、赌博、绑架、走私进口、秘密结社、卖淫、胁迫、美人计、鸦片吸食——其他大小无数的犯罪无论是白天还是黑夜，都是随时随地发生"②。在上海有中国政府的警察、各国领事馆的警察，还有数量众多

① ［日］村松梢風：『魔都』，ゆまに書房，2002，第 27 页。
② ［日］村松梢風：『魔都』，ゆまに書房，2002，第 24 页。

的各国巡警,但是这些警察和巡警对于各种犯罪都束手无策,起不到任何应有的作用。

村松梢风把上海描绘成一个具有魔力的城市,既让人向往又使人恐惧。随着村松梢风的名作《魔都》在日本的热销,上海的这种"魔都"形象深深印刻在日本人的心中。此后,"魔都"上海仿佛真的具有某种"魔力",吸引着越来越多的日本人来到上海一窥究竟。

三、颓败江南

在芥川龙之介、迟塚丽水、金子光晴等作家笔下,中国江南又换了另外一番景象。谷崎润一郎、德富苏峰笔下美丽的江南水乡在这些作家的游记中变得颓败不堪,散发着颓废的气息。大正时期,日本人心目中的中国江南形象,在很大程度上毁于芥川龙之介的《中国游记》。芥川龙之介受《大阪每日新闻》社(今日本《每日新闻》社)派遣,于1921年3月底至7月中旬访问了中国,回国后陆续发表了《上海游记》《江南游记》《长江游记》和《北京日记抄》。1925年11月,以上四种游记和以前未曾发表过的《杂信一束》由日本改造社结集出版,定名为《中国游记》。由于芥川龙之介是日本著名的作家,在中国游历时间较长、游历地点遍布中国大江南北,因此游记内容丰富、涉及面较广。而且芥川龙之介的游记又发表在《大阪每日新闻》《改造》等日本国内有影响力的媒体上,因此《中国游记》在日本国内产生了很大的影响,可以说在一定程度上影响了日本人对中国的印象。

芥川龙之介笔下的江南形象颓败不堪。《上海游记》中对湖心亭有这样的描写:"沿着这条摊床街走到尽头,声名远扬的湖心亭一望在即。说起湖心亭似乎应该很壮观,然而那不过是一个看起来随时可以坍塌的颓败至极的茶馆。亭外的湖水中漂浮着墨绿色的水垢,几乎看不见湖水的颜色。"①上海是芥川龙之介来中国的第一站,对上海的印象也无形中影响了他对江南的印象。江南水乡的画舫曾经给谷崎润一郎带来那么多诗情画意,但是在芥川龙之介眼中"只是一艘张着遮阳的白木棉布,装了黄铜扶手的普普通通的小船"②。芥川龙之介对杭州西湖也十分失望:"总体来说,与其将西湖称为湖,还不如说是一个大大的水田。"③以西湖为代表的江南风景名胜周边修建的砖瓦建筑更是让芥川龙之介对整个江南产生了厌恶:"但是这位中国美人(指西湖,笔者注),已经被岸边随处修建的那些恶俗无比的红灰两色的砖瓦建筑,植下了足以令其垂死的病根。其实,不只是西湖,这种双色的砖瓦建筑就像巨大的臭虫一般,在江南各处的名胜古迹中蔓延,将所有的景致破坏得惨不忍睹。"④芥川龙之介因此发出如下感慨:"曾几何时,读过的德富苏峰先生的《中国漫游记》中,苏峰先生曾以若能担当杭州领事在杭州悠然度过余生视为人生之大幸。可是,对我而言,别说是领事,即使被任命为浙江督军,我也不愿意守着这样的烂泥塘,而更愿意住在东京。"⑤

芥川龙之介对苏州园林、寒山寺、虎丘等名胜古迹也十分失望,认为苏州园林"的确没有什么值得敬服之处"⑥,寒山寺毫无"月落乌啼"的诗意,而且坐落在一个"毫无特色的十分脏乱的镇子"上⑦。虎丘"已极为荒废了",剑池"与其说是池,倒不如说是一个水坑"。⑧ 在扬州,芥川龙之介乘坐画舫走水路游览,丝毫没有感觉到杜牧诗句中的诗情画意:"河面十分狭窄,水色出奇地发黑。说实话,这里与其称作河,不如叫作河沟更为合适。黑色的水面上,游动着几只家养的鸭子和鹅。两岸时

① [日]芥川龙之介:《中国游记》,秦刚译,中华书局,2007,第 14 页。
② [日]芥川龙之介:《中国游记》,秦刚译,中华书局,2007,第 68 页。
③ [日]芥川龙之介:《中国游记》,秦刚译,中华书局,2007,第 68 页。
④ [日]芥川龙之介:《中国游记》,秦刚译,中华书局,2007,第 72 页。
⑤ [日]芥川龙之介:《中国游记》,秦刚译,中华书局,2007,第 72 页。
⑥ [日]芥川龙之介:《中国游记》,秦刚译,中华书局,2007,第 107 页。
⑦ [日]芥川龙之介:《中国游记》,秦刚译,中华书局,2007,第 105 页。
⑧ [日]芥川龙之介:《中国游记》,秦刚译,中华书局,2007,第 106 页。

而是脏兮兮的白墙,时而是贫瘠的油菜田,时而是河岸已坍塌的长着灌木的孤寂的原野。"①在南京游览时,著名的秦淮河留给芥川龙之介的印象是:"自桥上远眺,秦淮乃一寻常的河沟。……古人云'烟笼寒水月笼沙'这般风景已不可见。所谓今日之秦淮,无非是俗臭纷纷之柳桥。"②

芥川龙之介从文本世界中获得的关于中国神秘而美好的印象,在现实中国中逐渐瓦解崩溃,继而产生了对于现实中国的厌恶与藐视。"现代的中国有什么?政治、学问、经济、艺术,不是如数堕落着吗?尤其是艺术,从嘉庆道光以来,有一可以自豪的作品吗?……就是中国人,只要是心不昏的,对于中国,比之于我一介旅客,应该更熬不住憎恶吧。"③"换句话说,现在的所谓中国,已不是从前诗文中的中国,是在猥亵残酷贪欲的小说中所现着的中国了。"④

芥川龙之介的《中国游记》不仅在日本影响巨大,而且出版后不久就被译介到中国,引起了强烈的反响。大约在 1925 年的 11、12 月份,我国 20 世纪初期著名翻译家夏丏尊在上海的一家日本书店买书时,书店主人向他推介刚刚出版的《中国游记》:"先生,这书在你或者不会感到什么兴味,但日本新近很畅销,对于贵国的讥诮很多呢!"⑤于是夏丏尊买了一本,在从上海到宁波的轮船上读了一遍,深受触动,并在 1925 年 12 月节译了《中国游记》的部分章节,1926 年 4 月以"芥川龙之介氏的中国观"为题发表在《小说月报》第 4 期上。关于译介《中国游记》的动机,夏丏尊曾提道:"果然,书中到处都是讥诮。但平心而论国内的实况,原是如此,人家并不曾妄加故意的夸张,即使作者在我眼前,我也无

---

① [日]芥川龙之介:《中国游记》,秦刚译,中华书局,2007,第 116 页。

② [日]芥川龙之介:《中国游记》,秦刚译,中华书局,2007,第 127 页。

③ [日]芥川龙之介:《芥川龙之介氏的中国观》,夏丏尊译,《小说月报》1926年第 4 期。

④ [日]芥川龙之介:《芥川龙之介氏的中国观》,夏丏尊译,《小说月报》1926年第 4 期。

⑤ [日]芥川龙之介:《芥川龙之介氏的中国观》,夏丏尊译,《小说月报》1926年第 4 期。

法为自国争辩，恨不能令国人个个都阅读一遍，把人家的观察做了明镜，看看自己究竟是什么一副尊容！想到这层，就从原书中把我所认为要介绍的几节译出，想套了日本书店主人对我说的口气，敬告国人说'这书在你或者不会感到什么兴味，但日本新近很畅销，对于贵国的讥诮很多呢'！"①很显然，夏丏尊把《中国游记》当成了国人自省的一面镜子，但是忽略了当时正值日本帝国主义势力在中国扩张之时，因此引发了中国文坛对于《中国游记》以及芥川龙之介的强烈不满，巴金、韩侍桁、冯乃超等作家都曾公开表达过对芥川龙之介的批评。② 如今时过境迁，人们能以更加宽容的眼光来看待《中国游记》，虽然游记中的一些观点我们仍然不能接受，但是《中国游记》毕竟在一定程度上记录了中国当时的风土人情，作为史料具有一定的参考价值。同时，对于我们研究当时日本人对中国的认识也具有一定的参考价值。

如上所述，大正时期，众多日本作家来华旅游，江南几乎是他们的必游之地。当时中国正值社会变革之时，政治、经济、文化等各个方面都处于动荡变化之中。不同的访华作家从迥然不同的审美角度，对中国江南进行了各自的观察分析，因此也就塑造了不同的中国江南形象。令人流连忘返的水乡江南、散发着魔力的魔幻江南、使人厌恶的颓败江南——这些矛盾的江南形象交织在一起，共同构筑了大正时期日本人心目中的中国江南形象。

---

① ［日］芥川龙之介：《芥川龙之介氏的中国观》，夏丏尊译，《小说月报》1926年第 4 期。

② 秦刚：《现代中国文坛对芥川龙之介的译介与接受》，《中国现代文学研究丛刊》2004 年第 2 期。

第二章

谷崎润一郎中国题材作品研究

谷崎润一郎(1886—1965)是日本著名的唯美派作家,不仅在日本近现代文坛占有重要的地位,在中国也广为人知。谷崎润一郎的许多重要作品,如《细雪》《春琴抄》《阴翳礼赞》《刺青》等都被译介到了中国,而且一些作品先后出现了多种译本。谷崎润一郎的一生横跨明治、大正、昭和三个时期,其文学创作开始于明治后期,一直延续到昭和中期。在谷崎润一郎漫长的创作生涯中,1926年可以视为一道分水岭。1926年之前,谷崎润一郎创作了多部中国题材作品,并先后两次游览中国,发表了多篇访华游记。1926年之后,谷崎润一郎仅发表过《昨日今朝》《欧阳予倩君的长诗》《忆故友欧阳予倩》等几篇与中国有关的回忆文章,再也没有创作过中国题材作品。此外,尽管他在战后和访日的郭沫若、欧阳予倩等人有过重逢,也几次受到过旧友的访华邀请,但是均作婉拒,终未再次踏上中国的土地。本章拟从谷崎润一郎的中国因缘切入,通过分析谷崎润一郎作品中的中国书写,探讨谷崎润一郎的中国想象与文化记忆。

第一节　谷崎润一郎的中国因缘

1886 年 7 月 24 日,谷崎润一郎出生于东京市日本桥区蛎壳町。1982 年 9 月,入读阪本普通高等小学。1983 年 4 月,重读一年级,结识了一生的挚友笹沼源之助。笹沼源之助是东京高级中华料理店"偕乐园"未来的接班人,因此,谷崎润一郎逐渐与中国美食结缘,在幼小的心灵中埋下了中国的种子。1897 年 3 月,他从阪本小学普通科毕业,升入高等科。在读高等科一年级的时候,受胁田甲子助劝导,开始走读位于日本桥区龟岛町的贯轮吉五郎的秋香塾学习汉文。1898 年,以野村孝太郎为中心,桥本市松、鹫尾信作、笹沼源之助、胁田甲子助、谷崎润一郎等人创办了手写传阅杂志《学生俱乐部》,以"花月""笑谷""笑谷居士"等笔名先后发表了《学生梦》《楠公论》《日本历史漫谈》等文章。1901 年 3 月,他从阪本小学高等科毕业,4 月考入东京府立第一中学。10 月,在《学友会杂志》第 35 号的"文苑"栏目发表了第一首汉诗《牧童》:"牧笛声中春日斜,青山一半入红霞。行人借问归何处? 笑指梅花溪上家。"①很明显,《牧童》一诗借鉴了杜牧的《清明》:"清明时节雨纷纷,路上行人欲断魂。借问酒家何处有? 牧童遥指杏花村。"虽然略显生涩,但是化用还算巧妙。12 月,他在《学友会杂志》第 36 号的"文苑"栏目发表了三首汉诗。② 第一首题为《护良王》:"鹿走三山运竟空,南朝往事泣英雄。天阍未扫妖云影,贼子屠龙土窟中。"第二首题

---

① ［日］谷崎潤一郎:《谷崎潤一郎全集》(第二十五卷),中央公論新社,2015,第 32 页。

② ［日］谷崎潤一郎:《谷崎潤一郎全集》(第二十五卷),中央公論新社,2015,第 33 页。

为《观月》："薄暮东山待月来，卷帘间倚小楼台。忽看林梢清辉闪，蛾影先浮潋滟杯。"第三首题为《残菊》："十月江南霜露稠，书窗呼梦雁声流。西风此夜无情甚，吹破东篱一半秋。"其中《护良王》一诗借鉴了清代诗人吴伟业的《功臣庙》："鹿走三山争楚汉，鸡鸣十庙失萧曹。英雄转战当年事，采石悲风起怒涛。"《残菊》一诗中的"西风此夜无情甚"与宋末元初诗人郑思肖《即事》中的"北风昨夜无情甚"酷似，"吹破东篱一半秋"与宋代诗人林景熙《渔笛》中的"吹破一江秋"、元代诗人赵显宏《满庭芳》中的"吹破楚天秋"等诗句相似。"东篱"则应该是取自陶潜《饮酒》的名句"采菊东篱下"。由此可见，年仅 15 岁的谷崎润一郎已经广泛涉猎了中国诗词，打下了较为坚实的汉文功底。

谷崎润一郎在 1922 年发表的《中国趣味》中明确地表达了对中国汉诗文的热爱[①]：

> 我在孩提时代也去上过汉学的私塾，母亲教我阅读《十八史略》。我至今仍然认为，在近来的中学等地方，与其教授那些枯燥的东洋史，还不如让学生阅读这部充满了有趣的教训和逸事的汉籍，也许这样会有益得多。后来，我曾去中国旅行了一次。虽说我对中国怀着恐惧，但我书架上有关中国的书籍却是有增无减。我虽在告诫自己不要再看了，却会不时地打开二十年前所爱读的李白和杜甫的诗集："啊，李白和杜甫！多么伟大的诗人啊！哪怕是莎翁，哪怕是但丁，难道真的比他们了不起吗？"每次阅读，我都会被这些诗作的魅力所打动。自从移居到横滨以来，我忙于电影的拍摄，生活在充满西洋气息的街上，居住在洋楼里，但在我书桌左右两边的书架上，除了放美国的电影杂志之外，还有高青邱、吴梅村的诗集。我

---

① ［日］谷崎润一郎：《秦淮之夜》，徐静波译，浙江文艺出版社，2018，第105 页。

在因工作和创作而感到身心疲惫时,会常常拿出这些美国的电影杂志和中国人的诗集来阅读。

1905年3月,谷崎润一郎从东京府立第一中学毕业,9月入读第一高中英法系。1908年7月,从第一高中英法系毕业,9月入读东京帝国大学国文系。1910年9月,他与小山内熏、大贯晶川、和辻哲郎、后藤末雄、木村莊太、小泉铁等人第二次创刊《新思潮》,11月在《新思潮》上发表小说《刺青》,12月在《新思潮》上发表小说《麒麟》。1911年6月,他在《昴》上发表小说《少年》,受到了永井荷风、上田敏、森鸥外等人的好评。7月,他因未缴学费从东京帝国大学退学。11月在《中央公论》上发表小说《秘密》,同月,永井荷风在《三田文学》上发表了《谷崎润一郎氏的作品》,盛赞了谷崎润一郎的小说,确立了谷崎润一郎在日本文坛的地位。谷崎润一郎早期的小说大都是中国题材作品,如《刺青》《麒麟》《秘密》等。谷崎润一郎此时虽然未曾去过中国,但是从汉诗文中获得了对中国的初步认识,并把对中国的印象与认识融入自己的小说中,营造了一个富有异国情调的文学世界。

第二节　谷崎润一郎的两次中国之行

谷崎润一郎曾先后两次来中国旅行,第一次是从1918年10月至12月,历时两月有余,游历了中国的大江南北。第二次是从1926年1月中旬至2月中旬,只游访了上海一地,其间与中国新文学的代表人物欧阳予倩、田汉、郭沫若等人多有交游。1919年,谷崎润一郎在《雄辩》2月号上发表了一篇题为《中国旅行》的纪行短文,其中简要记述了自己在中国第一次旅行时的行程:"我自十月九日从东京出发,在中国整整旅行了两个月。途中的行程自朝鲜经中国的满洲抵北京,又自北京坐火车去汉口,从汉口沿长江南下,在九江停留然后登庐山,又返九江,再是自南京向苏州,苏州经上海,自上海去杭州然后再返回上海,最后自上海归返日本。"①关于第一次中国旅行,谷崎润一郎除了在《苏州纪行》和《庐山日记》两篇游记中对相关日期的行程有较为具体的记载之外,其余地方的具体旅游行程均没有留下明确的文字记载。在日本学者的相关研究成果中,中央公论新社 2003 年 7 月出版的西原大辅的专著《谷崎润一郎与东方主义——大正日本的中国幻想》里的相关考证最为细致。西原大辅在专著的第五章"首次中国之旅"和第六章"重访中国"两章之中,主要参考了马场夕美子 1996 年 3 月在《同志社国文学》第 44 号上发表的论文《谷崎润一郎——大正七年的中国旅行》,并通过比对各种相关史料,对谷崎润一郎中国旅行的日程进行了较为详细的考证。尽管如此,文中多有推测之处,到底在多大程度上接近事实尚未可知。

关于谷崎润一郎第一次来中国旅行的契机目前有两种说法:一种说法是佐藤春夫提议促成的,另一种说法是末日会促成的。1917 年 6 月 27 日,谷崎润一郎出席了在东京日本桥区"鸿之巢"召开的芥川龙之介《罗生门》出版纪念会,此后与佐藤春夫、芥川龙之介等人开始交往。②这次《罗生门》出版纪念会应该是谷崎润一郎和佐藤春夫交往的开始,从此二人的人生多有交集。佐藤春夫在《唐物因缘》中提到:"这三十年间四次踏上中国的土地。二十几年前提出大陆旅行的趣味与必要的也是自己。先是谷崎,后是芥川,去中国旅行都是由自己提议促成的。"③另据 1918 年 7 月 20 日《读卖新闻》的《读卖抄》记载:"谷崎润一郎氏欲与佐藤春夫氏一起今秋漫游中国。"④虽然最终二人并未同游中国,但是由此

---

① 〔日〕谷崎润一郎:《秦淮之夜》,徐静波译,浙江文艺出版社,2018,第 1 页。
② 「年譜」,载《谷崎潤一郎全集》(第二十六卷),中央公論新社,2017,第 454 页。
③ 〔日〕佐藤春夫:『からもの因縁』,勁草書房,1965,第 8 页。
④ 此处转引自马场夕美子 1996 年 3 月在《同志社国文学》第 44 号上发表的论文《谷崎润一郎——大正七年的中国旅行》,第 49 页。

可以推断,佐藤春夫的回忆大体是可靠的。1918 年 12 月,谷崎润一郎从中国旅行归来,特意给佐藤春夫带回一幅描绘苏州风景的明代版画。

谷崎润一郎的第一次中国旅行和末日会也有密切联系。据 1918 年 10 月 11 日的《大阪朝日新闻》报道,本来是由小村侯提议,末日会的文人们一起去中国旅行,结果变成了谷崎润一郎独自的中国行。① 据马场夕美子考证,末日会成立于 1918 年 1 月 31 日,成员构成比较复杂,包括政治家、实业家、官员、文人等。末日会的成员包括尾崎敬义、田中纯、小村侯(小村欣一)、大山郁夫、吉井勇、鹤见佑辅、岩野泡鸣、有岛武郎、里见弴、与谢野宽、与谢野晶子等人。② 谷崎润一郎和末日会的关系如何、是否为末日会的正式成员,这些情况目前尚不清楚,可以肯定的是,谷崎润一郎参加过末日会的聚会,和末日会的成员有一定程度的交往。另外,据《谷崎润一郎全集》所附《年谱》记载,1917 年 6 月 14 日,谷崎润一郎将妻子和女儿托付给了蛎壳町的父亲家。③ 也许从此时起,谷崎润一郎就产生了去中国旅行的想法。综合各种信息,毋宁说谷崎润一郎早就产生了赴中国旅游的意愿,之后再加上好友佐藤春夫以及末日会同仁的倡议,最终促成了其中国之行。

1918 年 9 月上旬,谷崎润一郎从神奈川县的鹄沼来到东京,为自己即将开始的中国之行做准备,借住在泽田卓尔的宿舍“青木”约一个月。10 月 7 日,由佐藤春夫、上山草人发起,在东京日本桥区的“鸿之巢”为谷崎润一郎举行了欢送会,里见弴、吉井勇、田中纯、江口涣、芥川龙之介、久米正雄、瀧田樗阴等 15 人出席。④ 东京日本桥区的“鸿之巢”是东

---

① 原载《谷崎潤一郎氏の支那行き》,《大阪朝日新聞》,1918 年 10 月 11 日,转引自『谷崎潤一郎全集』第二十六卷,第 302 页。

② [日]馬場夕美子:「谷崎潤一郎──大正七年の中国旅行」,『同志社国文学』1996 年第 44 号。

③ 「年譜」,载《谷崎潤一郎全集》(第二十六卷),中央公論新社,2017,第 454 页。

④ 「年譜」,载《谷崎潤一郎全集》(第二十六卷),中央公論新社,2017,第 454 页。

京文人经常聚会的地方,芥川龙之介的《罗生门》出版纪念会、末日会的第一次会议等都是在"鸿之巢"举行。谷崎润一郎自己也曾经提到"经常去鸿之巢喝酒"①。出席此次欢送会的包括末日会多位成员,这也间接说明谷崎润一郎和末日会有较为密切的关系。

　　10月9日下午,谷崎润一郎乘火车离开东京,翌日到达下关,然后转乘客轮正式踏上了出国之旅。10月11日上午到达釜山,先后游览了汉城、平壤。17日左右入境中国,先后游览了奉天、山海关、天津、北京、汉口、九江、庐山、南京、苏州、上海、杭州等地。据定本《谷崎润一郎全集》附录《年谱》记载,谷崎润一郎是在12月上旬乘船归国。②另据1918年12月13日的《东京朝日新闻》报道:"谷崎润一郎氏结束了两个月的中国旅行,已于前天回到蛎壳町的家。"③由此推算,谷崎润一郎应该是12月11日回到的东京。

　　从总体来看,在景色方面,谷崎润一郎喜欢中国的南方胜于北方。1919年谷崎润一郎在《雄辩》2月号上发表了一篇题为《中国旅行》的纪行短文,其中简要记述了自己在中国第一次旅行时的行程,并提道:"如果问我其中何处最有意思,我自己比较喜欢的是南京、苏州、上海这一带。那一带从北方看来景色非常秀美,树木茂盛,人也长得漂亮。……越往南方走,就越舍不得在朝鲜、中国的满洲一带花钱。"④这篇纪行短文写于1918年12月19日,谷崎润一郎从中国旅游回国一周之后,可以说十分真实地体现了作者中国旅游时的感受。在饮食方面,谷崎润一郎对北京、南京和杭州的饮食十分满意,对上海的饮食十分失望。在

---

　　①　[日]谷崎潤一郎:《谷崎潤一郎全集》(第二十六卷),中央公論新社,2017,第301页。

　　②　[日]谷崎潤一郎:《谷崎潤一郎全集》(第二十六卷),中央公論新社,2017,第454页。

　　③　[日]谷崎潤一郎:《谷崎潤一郎全集》(第二十六卷),中央公論新社,2017,第303页。

　　④　[日]谷崎润一郎:《秦淮之夜》,徐静波译,浙江文艺出版社,2018,第1页。

《中国的菜肴》中有这样的表述:"北京的东西很好吃,心想到了上海一定也不错,结果完全出乎意料,很难吃。……在南方,我觉得中国菜做得好的第一要数南京,其次是杭州。"①

谷崎润一郎在回国后不久发表的《中国旅行》中曾提道"以后想在春季再度去中国一游"②。谷崎润一郎重游中国的愿望在不久之后的1926年就实现了。1926年1月6日至2月28日,谷崎润一郎在上海小住了一月有余。与第一次中国之行不同,此次谷崎润一郎仅仅到访了上海一地,而且不是单纯观景,更重要的是结交了欧阳予倩、田汉、郭沫若等中国新文学的代表人物,并结下了深厚的友谊。关于谷崎润一郎两次中国旅游的行程安排,可以参考西原大辅的专著《谷崎润一郎与东方主义——大正日本的中国幻想》的附录《谷崎润一郎中国旅行日程》。

第一次中国之行,激发了谷崎润一郎的创作热情,他先后创作了多部中国题材小说,另外还发表了多篇和中国相关的游记、散文。关于第二次中国之行则只留下了几篇回忆文章。与谷崎润一郎两次中国之行相关的作品总结如表2-1和表2-2所示。

表 2-1　谷崎润一郎第一次中国旅行后发表的中国相关作品

序号	名称	体裁	发表刊物	发表时间	所在文集	备注
1	美食倶楽部(美食倶乐部)	小说	大阪朝日新闻(晚报)	1919年1月6日—21日、23日—27日、29日—31日,2月1日—4日	(定本)《谷崎润一郎全集》(中央公论新社)第7卷	
2	蘇州紀行(苏州纪行)	散文	中央公论	1919年2月1日	《全集》第6卷	开头附有《苏州纪行前言》

---

① ［日］谷崎润一郎:《秦淮之夜》,徐静波译,浙江文艺出版社,2018,第100页。

② ［日］谷崎润一郎:《秦淮之夜》,徐静波译,浙江文艺出版社,2018,第1页。

序号	名称	体裁	发表刊物	发表时间	所在文集	备注
3	支那旅行（中国旅行）	散文	雄辩	1919年2月1日	《全集》第6卷	
4	秦淮の夜（秦淮之夜）	小说	中外	1919年2月1日	《全集》第6卷	
5	南京夫子廟（南京夫子庙）	散文	中央文学	1919年2月1日	《全集》第6卷	
6	画舫記（画舫记）	小说	中央公论	1919年3月1日	《全集》第6卷	该小说为《苏州纪行》的续篇，同年6月收入单行本《小王国》时与《苏州纪行》合为一篇，改题为《苏州纪行》
7	南京奇望街（南京奇望街）	小说	新小说	1919年3月1日	《全集》第6卷	该小说为《秦淮之夜》的续篇，同年6月收入作品集《小王国》时与《秦淮之夜》合为一篇，改题为《秦淮之夜》
8	青磁色の女（青瓷色的女子）	小说	改造	1919年6月1日	《全集》第6卷	同年9月收入作品集《近代情痴集》时改题为《西湖の月》（西湖之月）

续表

序号	名称	体裁	发表刊物	发表时间	所在文集	备注
9	支那劇を観る記（观中国戏剧记）	散文	中央公论	1919 年 6 月 1 日	《全集》第 6 卷	
10	支那の料理（中国的菜肴）	散文	大阪朝日新闻	1919 年 10 月 26 日	《全集》第 6 卷	
11	或る漂泊者の俤（某位漂泊者的面影）	小说	新小说	1919 年 11 月 1 日	《全集》第 7 卷	
12	天鵞絨の夢（天鹅绒之梦）	小说	大阪朝日新闻（晚报）	1919 年 11 月 27—30 日、12 月 1 日、3—10 日、12—14 日、16—20 日	《全集》第 7 卷	
13	鮫人（鮫人）	小说	中央公论	1920 年 1 月 1 日、3 月 1 日、4 月 1 日、5 月 1 日、8 月 1 日、9 月 1 日、10 月 1 日	《全集》第 8 卷	
14	蘇東坡（苏东坡）	戏剧	改造	1920 年 8 月 1 日	《全集》第 8 卷	
15	《鮫人》の続稿に就いて（关于《鮫人》的续稿）	散文	中央公论	1920 年 11 月 1 日	《全集》第 8 卷	
16	鶴唳（鹤唳）	小说	中央公论	1921 年 7 月 1 日	《全集》第 8 卷	
17	廬山日誌（庐山日志）	散文	中央公论	1921 年 9 月 1 日	《全集》第 9 卷	后改题为《廬山日記》（庐山日记）

续表

序号	名称	体裁	发表刊物	发表时间	所在文集	备注
18	支那趣味と言ふこと（所谓中国趣味）	散文	中央公论	1922 年 1 月 1 日	《全集》第 9 卷	
19	奉天時代の杢太郎氏（奉天时代的杢太郎氏）	散文	艺林闲步	1946 年 10 月 1 日	《全集》第 20 卷	

表 2-2　谷崎润一郎第二次中国旅行后发表的中国相关作品

序号	名称	体裁	发表刊物	发表时间	所在文集	备注
1	上海見聞録（上海见闻录）	散文	文艺春秋	1926 年 5 月 1 日	《全集》第 12 卷	
2	上海交游記（上海交游记）	散文	女性	1926 年 5 月 1 日、6 月 1 日、8 月 1 日	《全集》第 12 卷	后改题为《上海交游记》
3	きのふけふ（昨日今朝）	散文	文艺春秋	1942 年 6 月 1 日、7 月 1 日、8 月 1 日、9 月 1 日、10 月 1 日、11 月 1 日	《全集》第 18 卷	
4	おいのくりごと（老人的车轱辘话）	散文	中央公论	1955 年 1 月 1 日	《全集》第 21 卷	后改题为《おいのくりこと》
5	欧陽予倩君の長詩（欧阳予倩君的长诗）	散文	心	1957 年 2 月 1 日	《全集》第 22 卷	

续表

序号	名称	体裁	发表刊物	发表时间	所在文集	备注
6	旧友欧陽予倩君を憶う（忆旧友欧阳予倩君）	散文	日中文化交流	1962 年 11 月 1 日	《全集》第 25 卷	

第三节　谷崎润一郎作品中的杭州书写
——以《西湖之月》为中心

　　如上节所述，谷崎润一郎第一次访问中国期间，先后游览了沈阳、天津、北京、武汉、南京、苏州、上海、杭州等城市，那么相较中国其他地方，杭州在谷崎润一郎的心中印象如何、处于怎样的位置呢？同时期访华的日本作家，如芥川龙之介、村松梢风、佐藤春夫、金子光晴等大都写有较为详细的中国游记，但是很遗憾，关于第一次中国旅行，谷崎润一郎公开发表的中国游记只有《苏州纪行》《庐山日记》等寥寥几篇，而且其中并没有杭州游记。至今为止，谷崎润一郎在杭州的具体行程仍然是一个谜团。1921 年在《中央公论》9 月号上发表了谷崎润一郎的一篇中国游记《庐山日志》（后改题为《庐山日记》），在文末附有"摘自大正七年中国旅行日记"的说明。由此推测，1918 年谷崎润一郎来中国旅行的时候应该写有旅行日记，可惜并未发现。虽然谷崎润一郎没有发表过杭州游记，但是关于杭州的描述散见于他的各种作品中。谷崎润一郎还以杭州为舞台背景创作了两篇小说《西湖之月》和《天鹅绒之梦》，以及一部剧本《苏东坡》。谷崎润一郎对杭州的印象在小说《西湖之月》中有较为集中的体现。本节拟以小说《西湖之月》为主,并综合分析谷崎润一郎各种作品中的杭州书写,力图大体勾勒出谷崎润一郎对杭州的印象,并在一定程度上还原谷崎润一郎在杭州的活动。

一、谷崎润一郎从上海赴杭州的日期

小说《西湖之月》是谷崎润一郎根据自己的杭州旅行经历创作的一部短篇小说,1919 年 6 月发表于《改造》第一卷第三号,原题为《青瓷色的女子》,同年 9 月收入作品集《近代情痴集》时改题为《中国奇谭 西湖之月》。由于缺乏相应的杭州旅行日记或游记作为参照,小说内容读起来亦真亦幻,虚实难辨。至今为止,关于谷崎润一郎在杭州的行程大部分上是从《西湖之月》以及其他涉及杭州的小说中推测出来的。我们首先来探讨一下谷崎润一郎去杭州的日期。小说《西湖之月》开篇如下:"这是有一年的晚秋,作为东京一家报社的特派员在北京逗留了颇长时间的我,因公务而被派往阔别许久的上海去出差一个月时的事情了。时在十一月,具体哪一天我已经记不清了。抵达杭州西湖的第二天,恰好是一个美丽的月圆之夜,所以离开上海时约是旧历的十三或十四吧。我此前曾来过一次上海,那时曾到附近的苏州、扬州、南京一带走过一圈,虽也很想去杭州,却终于未得闲暇,而遗失了这一机会,于是便想利用这次出差的机会去杭州一游。"①开篇中所讲的"颇长时间",和下文的"我蓦地记起了自前年夏天以来一直未曾归去的故国"②遥相呼应,据此

---

① 〔日〕谷崎润一郎:《秦淮之夜》,徐静波译,浙江文艺出版社,2018,第61 页。

② 〔日〕谷崎润一郎:《秦淮之夜》,徐静波译,浙江文艺出版社,2018,第69 页。

可以推断,小说的主人公去杭州之前作为报社的特派员至少已经在北京连续工作两年有余,其间曾游览过江南一带的部分城市。谷崎润一郎第一次中国旅行的时间是 1918 年 9 月至 12 月,其间在北京"前后待了十来天"①。大约回国半年后的 1919 年 6 月,他发表了小说《西湖之月》。谷崎润一郎来中国旅行前以及归国后在报纸上都有相关报道,为公众所知。然而,作者在创作《西湖之月》时并没有把时间点设置在自己中国旅行期间,而是故意将故事的发生时间设置为颇为久远之前的某一年深秋,同时赋予主人公长期驻留北京的身份,虚构意图明显,但是恰好增加了小说的异国情调和奇幻色彩。

关于主人公去杭州的时间,小说的开篇提到两个关键词:"十一月"和"旧历的十三或十四"。② 谷崎润一郎在回国后发表的游记,如《中国旅行》(1919)、《苏州纪行》(1919)、《庐山日记》(1921)中都把"十一月"错记成了"十月"③,如果小说中提到的"十一月"不是虚构,而是作者记忆中游览杭州的实际月份,那么应该是"十二月"的误记。1918 年 12 月的旧历 13、14 日是 12 月 15、16 日,彼时谷崎润一郎已经回国。西原大辅断定"《西湖之月》里有关阴历的日期,只是为了将满月之夜作为作品的背景而作的虚构"④。另外,小说中有这样的叙述:"虽说是星期六,但二等车里依然这样拥挤,以此观之,这一带的中产阶级整个来说年景还不错吧。"⑤当时铁路旅行尚未普及,大概在谷崎润一郎意识中乘坐火车的大多是因公出差,高峰期应该集中在周一至周五的工作日,没想到周

---

① [日]谷崎润一郎:《秦淮之夜》,徐静波译,浙江文艺出版社,2018,第58 页。

② [日]谷崎润一郎:《秦淮之夜》,徐静波译,浙江文艺出版社,2018,第64 页。

③ 可以参照定本《谷崎润一郎全集》(中央公论新社)第六卷的解题。

④ [日]西原大辅:《谷崎润一郎与东方主义——大正日本的中国幻想》,赵怡译,中华书局,2005,第 185 页。

⑤ [日]谷崎润一郎:《秦淮之夜》,徐静波译,浙江文艺出版社,2018,第64 页。

末乘坐火车出游的人这么多,因此在小说中使用了"虽说是星期六"的表述,并发出了"这一带的中产阶级整个来说年景还不错吧"的感叹。其实谷崎润一郎对当时的沪杭线不太了解。据《火车上的民国(上)》记载:"民国时期,沪杭甬铁路虽非完璧,但是其沪杭一段却是出了名的富庶之地。沪杭段全长 186 公里,沿途经过松江、枫泾、嘉善、嘉兴、海宁等站,物阜民丰,客运发达,营业成绩只比沪宁路稍差。……每到节假日,从上海等地到杭州旅游的游客络绎不绝。"①当然,谷崎润一郎未必真是"星期六"去的杭州,因为平时的沪杭线也十分拥挤,"星期六"的设定也许只是为了突出江南的富庶。假定谷崎润一郎是在 1918 年 12 月初的周六去的杭州,那么当天是 12 月 7 日。然而,小说中提到在杭州"我预定逗留一周左右"②,算下来离开杭州的日期应该在 12 月 14 日左右,此时谷崎润一郎早已回到了东京。总之,小说《西湖之月》中关于时间的叙述和谷崎润一郎在中国实际旅游的行程多有矛盾之处。众所周知,小说是虚构性的文本,即使根据亲身经历创作的小说也不应当完全和事实混同。关于谷崎润一郎去杭州的具体日期,小说《西湖之月》只是提供了多种推测的可能性,在找到当时谷崎润一郎乘坐沪杭列车的车票之前恐难有定论。据《苏州纪行》记载,谷崎润一郎游览苏州的时间是"十月(十一月之误,笔者注)二十二日、二十三日、二十四日、二十五日的前后几天"③。之后,他从苏州赴上海,在上海逗留时间不详,然后乘火车赴杭州,再由杭州返回上海,回到东京的时间是 12 月 11 日。综上所述,谷崎润一郎可能去杭州的时间应该在 11 月末至 12 月初的某一天。

---

① 李子明:《火车上的民国(上)》,中国铁道出版社,2014,第 7 页。

② [日]谷崎潤一郎:《谷崎潤一郎全集》(第六卷),中央公論新社,2015,第 280 页。

③ [日]谷崎潤一郎:《秦淮之夜》,徐静波译,浙江文艺出版社,2018,第 29 页。

二、乘坐的火车班次、座席、上海始发和到达杭州的时间

我们再来探讨一下谷崎润一郎去杭州时乘坐的火车班次等相关问题。在《西湖之月》中，关于主人公乘坐火车的上海始发和到达杭州的时间，分别有这样的说明："我下午两点半坐上了从上海北站开往杭州的列车。"[①]"列车到达杭州已经是七点稍过一点了。"[②]经查阅1918年沪杭甬路沪杭线行车时刻简表（见图2-1），当时从上海北站始发的共有5趟列车，分别是上午7：35始发的快车、上午9点整始发的慢车、上午10点整始发的四等客货车、下午2：50始发的特别快车和下午3：50始发的沪禾区间车（终点到嘉善站，不到杭州站）。从时间上看，谷崎润一郎应该是乘坐了特别快车，并提前20分钟登上列车。"七点稍过一点"与火车预定到达杭州站的时间7：19也基本吻合。另外，据《火车上的民国（上）》记载："在民国坐火车，晚点是家常便饭。1928年，民国一位铁路工程师长期观察沪宁铁路列车，发现每天每班车都要晚点几分钟到数小时不等。1935年平绥铁路官方统计，每趟列车平均晚点时间高达两小时二十三分。"[③]列车晚点的原因包括铁路设备落后、工作人员不按要求操作、乘客上下车拥挤、自然灾害等各种原因，其中乘客无序上下车是造成列车经常晚点的重要原因之一："民国铁路不实行对号入座，乘客为了抢座位，往往争先恐后往车厢里涌。这就造成了下车的人下不来，上车的人上不去，车自

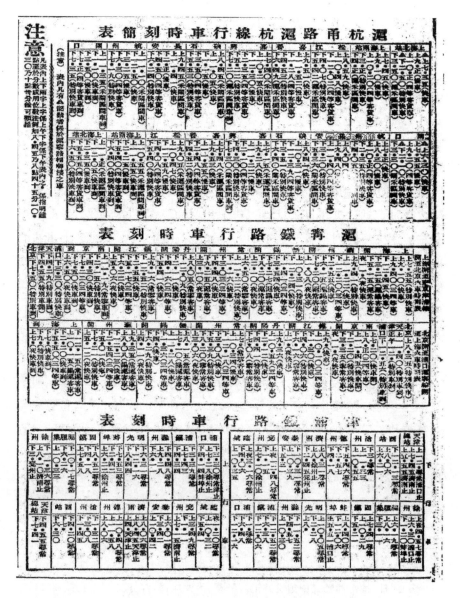

图 2-1　沪杭甬路沪杭线行车时刻简表

然没法开。每个车站耽误几分钟,积累起来,整趟车晚点的程度就非常可观了。"①由此推断,谷崎润一郎乘坐的列车应该不是7：19分准时到达杭州的。从上海北站到杭州站共有7站,如果按照每站耽误几分钟来计算,到达杭州站的时间应该在晚上7：30左右。

大正时期访华的德富苏峰和芥川龙之介,都是从上海乘火车去的杭州。1917年德富苏峰第二次来中国旅游,据《中国漫游记》记载:"十一月十日早上七点半,我们向着杭州出发。""十二点半,火车抵达车站。"②德富苏峰乘坐的应该是上午7：35上海北站始发、下午12：50到达杭州的快车,再加上列车经常晚点,基本可以断定德富苏峰在《中国漫游记》中提到的火车时刻属于记忆错误。1921年芥川龙之介来中国访问时,"抵达杭州车站,已经是晚上七点了"③。上海始发,晚上7点左右到达杭州的列车只有上午10点整始发、晚上6：30到达杭州站的四等客货车,以及下午2：50从上海北站始发、晚上7：19到达杭州站的特别快车。芥川龙之介是作为《大阪每日新闻》社的特派记者来中国访问的,旅费充足,肯定乘坐的是特别快车而不是四等客货车。因此,芥川龙之介应该是和谷崎润一郎乘坐的同一趟列车,关于到达杭州站的时间"晚上七点"应该也属于记忆错误。

民国时期的客运火车车厢一般分为一等车(头等车)、二等车和三等车。一等车最豪华舒适,二等车次之。三等车的设施、环境和服务与一等车和二等车相差甚远。从票价来看,二等车是三等车的两倍,一等车是三等车的三至四倍。"一般而言,民国头等车的乘客主要是政府官员、外国人、大商人、社会名流等;二等车的乘客主要是政府中低级职员、白领和小商人等;三等车的乘客主要是学生、外来务工者等人群,乘

① 李子明:《火车上的民国(上)》,中国铁道出版社,2014,第67页。
② [日]德富苏峰:《中国漫游记》,张颖、徐明旭译,江苏文艺出版社,2014,第152-153页。
③ [日]芥川龙之介:《中国游记》,施小炜译,浙江文艺出版社,2018,第74页。

客群体更加广泛。"①那么谷崎润一郎去杭州时乘坐的是哪个等级的车厢呢？谷崎润一郎在1920年发表的小说《鲛人》中提到：小说的主人公"南的脑海中，随着这股味道，昔日从上海坐火车到杭州旅行时看到的沿途风光变成了一个幻影，鲜明地浮现出来。他和父亲在一等车厢的靠窗位置相对而坐……"②事实上谷崎润一郎在来中国旅行前备足了旅费，在中国乘坐火车时应该是首选一等车，二等车次之，三等车应该不在其考虑范围。从北京去汉口时谷崎润一郎乘坐的就是车厢档次最高的一等车，尽管如此，一等车的设施，尤其是卫生间还是给他留下了非常不好的印象："我本人也曾有过乘坐京汉铁路的一等车的记忆，饱尝跟他们同样的体验。从北平至汉口粗略计算共计四十个小时的行程中，卧铺车厢厢顶漏雨还勉强凑合，而让我斗胆姑妄言之，真正叫人受不了的是卫生间的清扫不干净，我数次受迫在眉睫的生理需要驱使，最终还是不得不打卫生间门口返回。"③

不过，在小说《西湖之月》中主人公"我"乘坐的是二等车："我就与上述六个人隔着一张小桌坐在一起（中国的火车内，在桌椅与桌椅之间都有一张小桌）。座椅排列得紧紧的，人坐着连活动都很困难。当然不仅是我们这边坐满了人，车厢内到处都座无虚席。这样拥挤倒是以坐一等车为好，但是若不坐二等车，也许就无法观察如此这般的中国人的各种风俗了。……以看惯了京奉线、京汉线上二等车的眼睛来观察一下这里的话，你会发现铺在座位上的草席的颜色没有污渍，侍者的穿着也好，小桌上的台布也好，都显得比较干净整洁，车内的清扫似也做得挺不错。"④小说中关于二等车厢内的描写基本符

---

① 李子明：《火车上的民国（上）》，中国铁道出版社，2014，第42页。

② 此处转引自西原大辅：《谷崎润一郎与东方主义——大正日本的中国幻想》，赵怡译，中华书局，2005，第174页。

③ ［日］谷崎润一郎：《饶舌录》，汪正球译，中国文联出版社，2000，第140页。

④ ［日］谷崎润一郎：《秦淮之夜》，徐静波译，浙江文艺出版社，2018，第64页。

合民国时期沪杭线火车的实际情况。由于一等车价格昂贵,在当时有经济能力购买一等车票的人并不多,车厢满员的时候极少。芥川龙之介去杭州时乘坐的就是一等车,车厢内乘客寥寥:"车厢里分成小间,每间可乘八人。当然这一小间里,除了我们两个并无他人。小间正中的桌上,放着茶壶茶碗。不时会有青衣侍者送来热毛巾。乘坐起来并不觉得不舒适,但我们坐的这是一等客车。"①《西湖之月》中提到"以看惯了京奉线、京汉线上二等车的眼睛来观察",如上所述,事实上谷崎润一郎从北京去汉口时乘坐的是一等车,那么很有可能为了积累写作素材,谷崎润一郎特地观察过二等车厢的情况。由此推想,《西湖之月》中关于二等车厢的描写,并不能证明谷崎润一郎当时乘坐了二等车。很有可能谷崎润一郎乘坐的是一等车,但是仔细地观察过二等车的情况。乘坐京汉铁路一等车尚且留下了非常不好的回忆,况且旅游经费也比较充足,那么谷崎润一郎在南方乘坐火车时大概率会选择最高等级的一等车吧。

三、火车内外的风景

沪杭铁路沿线的优美风景给谷崎润一郎留下了深刻的印象。在小说《西湖之月》中作者对沪杭铁路沿线的风景发出了由衷的赞叹②:

> 火车开到松江铁桥时,我从车窗向外探望,但见河水如琅
> 玕一般绿莹莹地澄澈清冽。来到中国以后今天是第一次见到

---

① [日]芥川龙之介:《中国游记》,施小炜译,浙江文艺出版社,2018,第72页。

② [日]谷崎润一郎:《秦淮之夜》,徐静波译,浙江文艺出版社,2018,第66-67页。

如此清澈的河水。以浑浊著称的黄河自不必说了,其他如白
河也好长江也好,在中国称为河的河水都如污水沟般的混浊。
南方苏州的运河虽不至于此,但与这松江的水无法相比。以
前曾坐火车遥经朝鲜,那一带的河水亦都相当清冽,松江与朝
鲜的河水相比也不会逊色吧。总之,中国的南北之间,从河水
的情形来看就已有如此的差异了。苏州的河水比南京的清
澈,杭州的水又比苏州的清澈,是不是越往南行,中国就渐渐
的越来越美? 现在展现在窗外的富饶的田园风光,与直隶河
南一带的萧瑟荒凉的原野风物相比,就有天壤之别。窗外是
连绵不绝的绿色的桑田、桃林、杨柳的行道树,其间还点缀着
几处水塘,有数十鸭子在悠然戏水。不一会儿又出现了大片的
芒穗在阳光下熠熠闪亮的丘陵。在丘陵的后面不时出现耸立的
高塔,蜿蜒连绵的城墙上那古色苍然的砖墙。饱尝着这样的景
色,又在每个停车站望着上上下下的美丽女子的衣色鬓影,我
的思绪恍然如入杨铁崖、高青邱和王渔洋的诗境中去了。

　　通过上面的景色描写可以看出,谷崎润一郎十分欣赏中国江南的
风光,尤其是由衷感叹江南河水的澄澈清冽,并由此满怀憧憬地畅想,
中国越往南行就越美丽。窗外连绵不绝的田园风光和美丽的江南女子
甚至将谷崎润一郎引入诗境。此外,谷崎润一郎在1920年发表的小说
《鲛人》中对沪杭铁路沿线的风景也有美好的回忆①:

　　　　南的脑海中,随着这股味道,昔日从上海坐火车到杭州旅
　　行时看到的沿途风光变成了一个幻影,鲜明地浮现出来。他
　　和父亲在一等车厢的靠窗位置相对而坐,而车厢里除了他们

---

　　① 此处转引自西原大辅:《谷崎润一郎与东方主义——大正日本的中国幻
想》,赵怡译,中华书局,2005,第174-175页。

俩,都是穿着亮闪闪的黑缎子衣服的中国绅士,都抽着高档的香烟。父亲也抽着高级烟。坐满人的车厢里,和遥远的地平线尽头的春日早晨的山色一样苍白的烟雾,仿佛滴向水中的墨汁一般沉重地缓缓地流淌着,原本淡淡的轻娆的甜香,也逐渐变得浓烈,悄悄地袭来。……而南在那个甜美的日子里所拥有的梦一般的心境,被这股味道催得更加如梦如幻,那是多么美好的一天啊! 虽然是秋天,但天气像现在的日本一样暖和,窗外是一片晴晴朗朗的蓝天,翡翠色清澈透明的河流和池塘都满心喜悦的闪闪发光,而沐浴着和煦的阳光散发着幸福的光彩的田园的绿色,和杨柳的枝条、鹅群、丘陵、城郭、寺院的塔——这一切都仿佛连绵不断的祭礼的音乐一般华丽地展开,火车就在这江苏省的沃野中奔驰,而且无论开到哪里,那丰饶的田园景色永远也没有个尽头。

对比小说《西湖之月》和《鲛人》中关于沪杭铁路沿线风景的描写,可以发现大体吻合。都描写了清澈的河流、水塘、连绵不绝的田园、鸭群鹅群、杨柳、丘陵等景物,这应该就是谷崎润一郎乘坐去杭州的特别快车上看到的铁路沿线风景。另外需要说明的是,1918 年谷崎润一郎来中国旅行时,上海、松江地区尚归属江苏省管辖。小说《鲛人》中还简单描写了车厢内的情景,提到了穿着黑缎子衣服的中国绅士、众人抽着高档的香烟。在小说《西湖之月》中作者也描写过一个体型肥硕、身着黑缎子衣服、用象牙烟嘴吸着"西敏寺"牌香烟①的商人。除此之外,作者对车厢内的各色人物及其行为都进行了细致的描写。其中有消瘦的中年男子和吸着水烟的夫人、抱着幼儿的十八九岁少女、用人造菊花逗小孩玩的十五六岁女孩、穿着淡青瓷色上衣的美丽女子、织毛线物的太太、车厢中四五个赌牌的男子,等等。作者特别描写了车内乘客的衣着

---

① 一种原产英国的高档香烟。

穿戴。"这一带二等车内的乘客都穿戴得相当体面,这在北方唯有一等车内才能见到。"①"我刚才踏进这一车厢时,首先感到的也是乘客的衣着非常的缤纷多彩,犹如日本四月时的温暖阳光,照耀着窗外广袤的江苏的沃野。"②作者还重点描写了一位年轻女子的衣着:"其服饰也令人甚为惬意,在一片浓艳鲜丽的衣饰中,唯有这一女子潇洒地穿着淡青瓷色的上衣和白缎子的鞋子,犹如在金鱼中夹杂着一尾颜色不同的绯鲤,给人一种清新宜人的感觉。"③这位身着淡青瓷色上衣的美丽女子可以说是《西湖之月》中的女主人。《西湖之月》初次发表时原题为《青瓷色的女子》,但是可能后来作者发觉小说有点"跑偏",实际上重点描写了火车内外的风景和西湖的风景,青瓷色的女子成了陪衬,因此后来改题为《西湖之月》。诚然,谷崎润一郎也描写了一些车厢内的不文明行为,如随地吐痰、吸烟、赌博等等,但是这些显然没有影响其愉快的心情。

四、别样的西湖风景——诗文西湖与现实西湖的交融

谷崎润一郎晚上 7 点多到达杭州,然后乘人力车赶往清泰第二旅馆。晚上从旅馆阳台远眺西湖,"我心中不知怎么的竟像是遇见了恋人似的感到一阵欣喜"④。之所以会产生这种感觉,是因为作者在来中国之前已经在诗词小说中和西湖有过多次接触,憧憬向往之情早已有之。

---

①　[日]谷崎润一郎:《秦淮之夜》,徐静波译,浙江文艺出版社,2018,第64页。

②　[日]谷崎润一郎:《秦淮之夜》,徐静波译,浙江文艺出版社,2018,第65页。

③　[日]谷崎润一郎:《秦淮之夜》,徐静波译,浙江文艺出版社,2018,第65页。

④　[日]谷崎润一郎:《秦淮之夜》,徐静波译,浙江文艺出版社,2018,第71页。

可以说,谷崎润一郎在来中国之前,通过阅读西湖相关的诗词小说,完成了对西湖的认识与想象。等到亲游西湖的时候,现实的湖光山色又时时唤起谷崎润一郎熟稔于心的关于西湖的诗文记忆,就这样,诗文西湖与现实西湖的景色交融在一起,构成了一幅别样的西湖风景画卷。在小说《西湖之月》的开篇,为了说明杭州春天之美,作者引用了高青邱的诗:"渡水复渡水,春花还春花。春风江上路,不觉到君家。"①路过松江时,小说的主人公"我"想起了诗人杨铁崖曾避乱于此,又想起了李渔的《蜃中楼传奇》和《比目鱼传奇》。"我"在火车上阅读了随身携带的石印本《西湖佳话》,"传说中白乐天修筑的白公堤,孤山山麓的林和靖的放鹤亭,以文世高和秀英小姐的爱情故事而著称的断桥旧迹"②,这些记忆和认识应该都是源于《西湖佳话》这本书。

第二天早上,为了观察地形,"我"雇了一顶轿子绕湖一周,傍晚回到旅馆。坐在阳台的藤椅上眺望景色,看到路边有人挥舞着刀剑卖艺,于是联想到《水浒传》中常有描写英雄豪杰在街头舞枪弄棒的场景。次日9点左右,"我"乘坐画舫开始游湖。作者对西湖的景色大加赞扬,并通过对比洞庭湖、鄱阳湖来说明西湖独特的景色:"西湖景色的美,我想主要在于其面积不像洞庭湖、鄱阳湖那样大得浩瀚无边,而是一眼即可望到尽头,却有一种苍茫迷蒙之感,湖与周围秀丽的山峦丘陵相映成趣,极为协调。有时会感到它相当的雄大壮阔,有时会感到它又如盆景般的小巧玲珑,湖里有湾岔,有长堤,有岛屿,有拱桥,晴雨朝夕景象不同,犹如一幅长卷在你面前展开一般,所有的景物都会同时映入你的眼帘,这就是西湖的特色。"③西湖的水清而浅,"我"想起了林和靖的诗句

① [日]谷崎润一郎:《秦淮之夜》,徐静波译,浙江文艺出版社,2018,第62页。
② [日]谷崎润一郎:《秦淮之夜》,徐静波译,浙江文艺出版社,2018,第71页。
③ [日]谷崎润一郎:《秦淮之夜》,徐静波译,浙江文艺出版社,2018,第78页。

"疏影横斜水清浅",并顿悟了"水清浅"的含义与美。在画舫穿过望山桥之后,发现了穿淡青瓷色上衣女子的尸体,"她的脸上闪烁着一种安详甚至是灵动的光辉"①。穿淡青瓷色上衣女子的死亡使作者联想到同样死于西湖之畔的六朝名妓苏小小。在小说的结尾,作者引用了"金粉六朝香车何在,才华一带青冢犹存。"(叶赫题)等五首镌刻在遮护苏小小墓冢的慕才亭石柱上的诗句,也可以看作是对穿淡青瓷色上衣女子的悼念。淡青瓷色上衣女子便同这苏小小一样,同西湖之月一起为神秘、传奇、虚幻的西湖更增添了一份凄美。

　　除了小说《西湖之月》之外,在《闻书抄初出卷头》中也有关于杭州的叙述②:

　　　　以前我去中国南方旅行,在杭州的西湖游览时,想起从前苏东坡曾经被贬到这里的故事,可虽属遭贬,却到了这般山清水秀的地方,又有什么可值得悲哀的呢?……《西湖佳话》中载有他的一首诗:"水光潋滟晴方好,山色空蒙雨亦奇,欲把西湖比西子,淡妆浓抹总相宜。"所谓"西子"就是芭蕉面对雨中象泻联想起的美人西施,而苏东坡虽然没有西施,却也有朝云暮雨相伴,虽然不过是一介地方官,但也身居要职,再要对流谪之身心怀不满的话,实在也是奢侈之极了。而于我而言,人生的幸福不过如此,实在颇有点垂涎之意。这么说来,杭州的日本领事馆正好位于风景绝佳的湖畔山丘之上,那"淡妆浓抹总相宜"的湖上景色宛如盆景一般展现在眼前。听说有人曾经说过"最盼望的就是当一个外交官,并成

---

　　①　［日］谷崎润一郎:《秦淮之夜》,徐静波译,浙江文艺出版社,2018,第83页。

　　②　此处转引自西原大辅:《谷崎润一郎与东方主义——大正日本的中国幻想》,赵怡译,中华书局,2005,第177-178页。

为杭州的领事"。真的,真的,当一个驻欧美之大国的大使实在并不足羡,而要是能被派到杭州,成为那个领事馆的主人,那真是就算以区区领事终老也没什么可懊恼的了。而一介领事尚能让人如此满足,更何况身为领主统驭这一派名山秀水呢!西湖和琵琶湖,至今还是有点难论高下,如果说彼地有天竺山、吴山、葛岭诸岳,那么此地有比睿比良伊吹诸峰;彼地有三潭印月、柳浪闻莺,则此地有石山的名月、坚田的落雁,不过此地的八景虽然足以与彼地的十景相比拟,而此地堂堂大名的幸福,却实在是比不上彼地一介遭贬之人所拥有的了。

很明显,除了诗词小说,谷崎润一郎还从近代日本人的中国游记中获得了对西湖的认识。上文中提到的想成为杭州的领事的人就是德富苏峰。德富苏峰在《七十八日游记》中曾经提道:"站在领事馆的庭前,几乎可以把西湖的美景尽收眼底。我本来是个不想做官的人,如果一定要让我做的话,我希望是在这里当一个月的领事。"①另外,谷崎润一郎在《苏州纪行》中也提到了德富苏峰的游记,可见谷崎润一郎之前曾经阅读过。而且和德富苏峰一样,包括杭州在内的中国之行给谷崎润一郎留下了较为美好的印象。

五、在杭州的住宿、饮食、观剧及其他活动

(一)住 宿

在《西湖之月》中,主人公"我"在火车上向邻座的男子打听杭州有

---

① [日]德富苏峰:《中国漫游记》,张颖、徐明旭译,江苏文艺出版社,2014,第396页。

没有西洋人或日本人开的旅馆,对方回答说没有,然后推荐了两家中国人开的最好的酒店:新新旅馆和清泰旅馆。新新旅馆 1913 年开业,是一幢二层西式小楼,由宁波籍商人董锡庚创建,是民国时期西湖周边最早营业的几家旅店之一,生意比较兴隆。1922 年在原有旅馆旁边又新建五层西式旅店,新建的新新旅馆成为杭州最为豪华的旅馆之一,从此在业界声名愈隆。新中国成立后先后更名为"省人民政府第四招待所""杭州新新饭店",2000 年被列为杭州市"市级文物保护单位"。1921 年芥川龙之介来杭州旅游时住宿的就是新新旅馆。清泰旅馆分为清泰第一旅馆和清泰第二旅馆。清泰第一旅馆在杭州城站附近,清泰第二旅馆紧邻西湖。谷崎润一郎在杭州旅行时入住的是清泰第二旅馆。清泰第二旅馆始建于 1910 年,由张恂伯等人创建。1916 年孙中山来杭州视察时曾下榻于此。清泰第二旅馆经过屡次更名,后改建为汉庭快捷酒店西湖仁和店,现为省级文物保护单位。

谷崎润一郎对清泰第二旅馆的内部环境比较满意:"正如火车上的商人告诉我的那样,虽是中国人经营的旅馆,却非常整洁干净。整个建筑都是西式风格,有阳台的一侧的十几间客房门口,都一一放置着植有菊花的花盆,房内的设施也一应俱全,床的摆设样式等令人相当满意。"另外,谷崎润一郎对清泰第二旅馆的外部环境也比较满意。"在阳台下是一个庭院,莲池的四周遍植了柳树、山茶树和枫树。池边有个小小的六角亭,从亭子的石阶到亭内的石板地上,摆放着很多盆菊花。围绕庭院的粉墙上爬满了藤蔓。"①而且从阳台可以眺望西湖的美景。只是房间里没有浴室设备让谷崎润一郎感觉不便,只能在每晚去旅馆附近的澡堂泡澡。据《诗词自话》记载:"清泰旅馆或西湖旅馆,三万六千元(三元六角)便可开带浴室的房间。"②由此推断,清泰第二旅馆并非全部房

① [日]谷崎润一郎:《秦淮之夜》,徐静波译,浙江文艺出版社,2018,第75 页。
② 邓云乡:《诗词自话》,河北教育出版社,2004,第 348-349 页。

间都有浴室,谷崎润一郎当时住宿的应该是不带浴室的普通客房。另外,小说中提到旅馆的侍者会讲几句英语。但是谷崎润一郎的英语不是很好,有时和侍者沟通并不顺畅,因此发生过尴尬的事情。据谷崎润一郎在《厕所点滴》中回忆①:

> 有一次在杭州,在一家中国人经营的酒店里,我忽然闹肚子,问"厕所在哪儿",他倒是直接领我去了,不凑巧的是那里只能小便。我困惑不已。因为在学校里老师没有教过"大便处"的英文。我只好问:"另一所厕所在哪里?"侍者显出大惑不解的样子。如果是其他事情,用手比划比划还可以说清,可这种事我实在没有勇气示以手势。如此一来,就更加憋不住了。

(二)饮 食

接下来探讨一下谷崎润一郎在杭州的饮食情况。1919 年 10 月谷崎润一郎回国后不久,在《大阪每日新闻》上发表了一篇散文《中国的菜肴》,文中提到因为和中华料理名店"偕乐园"的老板是同学,经常能品尝到中国料理,因此"我很小的时候就喜欢中国菜。……因而这次到中国去,饱尝本土地道的中国菜肴就成了我的一大乐趣"②。那么谷崎润一郎在杭州的饮食情况如何呢?在开往杭州的火车上谷崎润一郎吃了一顿"滋味拙劣的西餐"③。那么他到底吃了哪些东西呢?据文献记载:

---

① [日]谷崎润一郎:《饶舌录》,汪正球译,中国文联出版社,2000,第 379 页。
② [日]谷崎润一郎:《秦淮之夜》,徐静波译,浙江文艺出版社,2018,第96 页。
③ [日]谷崎润一郎:《秦淮之夜》,徐静波译,浙江文艺出版社,2018,第69 页。

"翻看民国铁路餐车菜单,大都是西餐,如三文鱼、沙丁鱼、牛扒、猪排、咖喱鸡饭、番茄鸡丝饭等;酒水也是西式的,如威士忌、白兰地、啤酒、苏打水、柠檬汁等。"①可以说当时餐车上的西餐种类十分丰富。谷崎润一郎来到中国之后对中国美食比较中意,但是西餐没给他留下什么好印象。谷崎润一郎在《秦淮之夜》中有这样的表述:"来到中国后觉得又贵又难吃的是西餐和日本料理。尤其是中国人做的西餐,那难吃的程度真是不堪言说。"②当时,三等车的乘客是不允许进餐车用餐的,因此各个车站的小贩借机向三等车厢的客人兜售各种小吃。如果谷崎润一郎乘坐的是三等车厢,那么就可以品尝到许多中国地道的小吃了。

在《中国的菜肴》中,谷崎润一郎对中国南北方的美食做了一个总结:"总的来说,在北方,北京的菜最好。"③当然,这里所讲的"北京的菜"是指谷崎润一郎在北京吃的菜,实际包含着山东、广东、四川等各地的菜肴。尤其是在"新丰楼"吃鲁菜的时候,500多种菜品让其震惊不已,给他留下了极其深刻的印象。"在南方,我觉得中国菜做得好的第一要数南京,其次是杭州。"④南京的河虾和河蟹给谷崎润一郎留下了美食记忆,但是在文中只是一笔带过,重点回忆了杭州的美食:

> 在杭州我曾去过颇为高级的菜馆,但记忆中,一些乡村小店的东西滋味也相当不错。有一种用鸭蛋做成的皮蛋,近来也有不少进入了日本的市场,在中国,皮蛋到处有卖,出外旅行时,也可像日本的白煮鸡蛋那样用来代替饭食。我下榻在

---

① 李子明:《火车上的民国(上)》,中国铁道出版社,2014,第173页。

② [日]谷崎润一郎:《秦淮之夜》,徐静波译,浙江文艺出版社,2018,第10页。

③ [日]谷崎润一郎:《秦淮之夜》,徐静波译,浙江文艺出版社,2018,第97页。

④ [日]谷崎润一郎:《秦淮之夜》,徐静波译,浙江文艺出版社,2018,第100页。

杭州的旅馆时,早饭时常吃皮蛋。那一带鸡蛋一个三四分钱,吃几个蛋,再吃一些炒饼,就可当作一顿早饭了,也不必再吃面包。到了晚上,可在日本的乌冬面馆、荞麦面馆那样的地方吃一顿粥饭,那个我记得也是一碗两三分钱。和日本的粥完全不一样,不是那种给病人喝的粥,而是放入了鸭肉等一起煮的,很适合于寒冷的夜晚吃,不过有一股怪怪的生油气,如果改良一下,把这味道去除了的话,也会合日本人的口味吧。

作者提到在杭州的旅馆早餐时经常吃皮蛋和炒饼,《西湖之月》中也提到在到达杭州第二天的早上"以杭州的名产火腿当菜吃了炒饼"①。这里所说的火腿笔者猜测大概是浙江名产金华火腿。前文提到的"鸡蛋"按照文脉推测,作者想表达的应该是上文提到的"皮蛋"。另外,作者还提到一种含有鸭肉的粥饭,应该就是南方常见的鸭肉粥。遗憾的是,目前还无法证实谷崎润一郎曾经去过哪家高级菜馆,吃过哪些中国菜。在《西湖之月》中作者还提到在旅馆附近的饭馆吃过杭州的美食东坡肉:"这是一品以浓稠的暗褐色的汤汁将猪肥肉长时间炖煮成如豆腐般酥软的菜。"②谷崎润一郎在杭州待了一周左右,关于他在杭州喝过什么酒水,目前还没有查阅到相关资料。在《秦淮之夜》中主人公"我"和导游喝了两瓶绍兴酒,在谷崎润一郎第二次访华后写的《上海见闻录》中提到"对绍兴酒我自信酒量不小,喝一升左右完全没有问题"。由此推断,谷崎润一郎在杭州如果饮酒多半喝的是绍兴酒。

总体来看,包括杭州在内的中国南北各地菜肴给谷崎润一郎留下了美食记忆。当然,在中国的饮食经历也并非总是那么美好。武昌黄

---

① [日]谷崎润一郎:《秦淮之夜》,徐静波译,浙江文艺出版社,2018,第73页。

② [日]谷崎润一郎:《秦淮之夜》,徐静波译,浙江文艺出版社,2018,第72页。

鹤楼带有腥臭味的海参和汤里放的大蒜都给谷崎润一郎留下了不好的回忆。谷崎润一郎曾在《中国的菜肴》中感叹：“读了崇尚神韵缥缈的中国诗，然后吃的是滋味刺激的中国菜，觉得这里面有明显的矛盾。但又一想，能把这两个极端调和起来融为一体，这才显示出中国的伟大。我觉得能做出如此复杂的菜肴，然后又能痛痛快快地饮食一番的国民，总而言之是伟大的国民。”①

（三）观剧及其他活动

“尽可能多走一些戏院”是谷崎润一郎来中国旅游的愿望，其在奉天、北京、天津、上海等地都曾多次出入戏院。谷崎润一郎在杭州也有观看戏剧的体验，在《中国观剧记》中他提到：“来到中国的南方以后，也看到过在苏州、杭州、上海一带流行的新剧……在女演员中，在杭州的西湖凤舞台看到的张文艳的妖艳至今难忘。”②在《西湖之月》中他也提到“西湖凤舞台”就在谷崎润一郎下榻的清泰第二旅馆的对面。关于西湖凤舞台和张文艳在《中国戏曲志·浙江卷》中有相关的记载：③

> 民国五年(1916)，新江军政界要人张载扬的旧部在杭州延龄路(今延安路)南段建造西湖凤舞台戏馆……张文艳工花衫、青衣，由她领衔主演的《纺棉花》《梅龙镇》《三娘教子》等剧深受欢迎。杭州记者樊迪民对张文艳所演的《苏三起解》《贵妃醉酒》大为赞赏，欣然为其新编《珍珠塔》一剧，演出后名声大振。嗣后，浙江都督卢永祥慕名观看张演的《三堂会审》，亦

---

① ［日］谷崎润一郎：《秦淮之夜》，徐静波译，浙江文艺出版社，2018，第102页。

② ［日］谷崎潤一郎：『谷崎潤一郎全集』（第六卷），中央公論新社，2015，第422页。

③ 中国戏曲志编辑委员会、《中国戏曲志·浙江卷》编辑委员会编：《中国戏曲志·浙江卷》，中国 ISBN 中心出版社，2000，第542页。

为之倾倒,示意僚佐出面捧场。于是,庄博斧、陈心佛等文人
常在报端撰文为张揄扬,一时誉为"文艳亲王"。

谷崎润一郎在第一次中国旅游期间,主要活动可以概括为:观美
景、品美食、观戏剧和访女色。小说《秦淮之夜》中详细地描述了作者在
导游的带领下探访妓院、暗娼的经历。另外,谷崎润一郎在上海也经常
出入烟花之地。那么他在杭州的一周是否有嫖妓的经历呢? 在《西湖
之月》中,主人公"我"在宾馆的阳台上遇到一位会讲日语的西洋夫人,
猜想她是从上海来杭州卖春的,便邀请她一起出去走走,不料对方是和
丈夫同行,主人公十分失望:"和丈夫一起来的就无戏可唱了。"①虽然目
前还没有证据证明谷崎润一郎在杭州有买春行为,但是从《西湖之月》
可以推测,谷崎润一郎在杭州至少应该有过买春的尝试。

一般来说,去异国旅游,购物是不可或缺的环节。谷崎润一郎第一
次中国旅游归国后送给弟弟谷崎终平一盒中国墨,送给佐藤春夫一幅
绘有苏州风景的明代版画,还送给一个名叫"小浪"的女孩一件毛皮衣
服。② 那么谷崎润一郎在杭州买过什么纪念品呢? 芥川龙之介在《江南
游记》中提到,在杭州参观俞楼时看到墙壁上的一幅石刻:"这便是彭玉
麟为曲园所做的梅花图——或者不如说,这正是本乡曙町谷崎润一郎
府二楼上挂着的那幅吓人的梅花图的原本。"③芥川龙之介所说的这幅
梅花图应该就是谷崎润一郎在杭州旅游期间购买的纪念品。另外,除
了画舫游湖和凭吊了苏小小墓之外,目前还不清楚谷崎润一郎在杭州
都游览了哪些地方。《西湖之月》中提到主人公抵达杭州的第二天"早

---

① [日]谷崎润一郎:《秦淮之夜》,徐静波译,浙江文艺出版社,2018,第
77 页。

② [日]西原大辅:《谷崎润一郎与东方主义——大正日本的中国幻想》,赵怡
译,中华书局,2005,第 181 页。

③ [日]芥川龙之介:《中国游记》,施小炜译,浙江文艺出版社,2018,第
86 页。

上雇了一顶轿子沿湖畔走了一圈，傍晚四时过一点，疲惫地回到了旅馆"。但是主人公究竟参观了什么地方文中并没有任何交代。《西湖之月》中提到主人公预计在杭州待一周左右，那么从时间上推算，包括俞楼在内的西湖周边的景点都应该成为游览的对象。

谷崎润一郎因为对中国古典的憧憬而前往中国旅行，在现实中国里他寻到了在汉诗文中读到的中国形象，让潜藏在心底的中国古典作品回到了故乡，对中国古典更感亲近。在这次杭州旅行中，他被中国的自然、生活和风物深深感动，因而更加喜欢上了中国。此次中国之旅也成为谷崎润一郎"中国情趣"类作品的生长土壤，回国之后，他创作了《秦淮之夜》《苏东坡》《西湖之月》《天鹅绒之梦》等一系列与中国有关的作品，塑造了富于诗意而又神秘、虚幻的中国形象。

第三章

芥川龙之介中国题材作品研究

芥川龙之介是日本大正时期最具代表性的作家，以其短篇小说著称于世，不仅在日本国内，在世界范围中都享有盛誉，堪称日本乃至世界短篇小说大师。芥川龙之介具有深厚的汉文学修养，一生写下了《黄粱梦》《杜子春》《尾生之信》《酒虫》《秋山图》等数篇极具价值的中国题材短篇小说。受《大阪每日新闻》派遣，芥川龙之介于 1921 年 3 月至 7 月间访问了中国，回国后陆续发表了《上海游记》《江南游记》《长江游记》和《北京日记抄》，这些游记和未曾发表过的《杂信一束》被收入 1925 年 11 月日本改造社出版的单行本《中国游记》，在日本和中国产生了极大的影响。本章拟重点研究芥川龙之介的中国题材短篇小说，并探讨《中国游记》在中国的译介与传播情况。

第一节　爱的礼赞——《奇遇》论

《奇遇》是日本近代著名作家芥川龙之介创作的一篇带有奇幻色彩的短篇小说。《奇遇》中的梦中奇遇故事最早出现在明代瞿佑所著《剪灯新话》中的《渭塘奇遇记》，后被改编成杂剧《王文秀渭塘奇遇记》《渭塘梦》、传奇《异梦记》等作品。总体来看，改编作品与原著内容大同小异，都是写氏族子弟王生某年秋天收租时路过一个酒肆，偶遇酒肆之女，尔后每晚都在梦中与之相会。翌年再过那家酒肆时，得知女子自去年相见后就长眠独语，说是每夜梦与王生相会，遂与女子结为夫妇。原著和这些改编作品都是把王生的故事当作神契婚姻来描写的。学界一般认为芥川龙之介的《奇遇》直接取材自瞿佑的《渭塘奇遇记》。从文本对比来看，《奇遇》在小说结构和细节描写等方面，都有诸多明显模仿《渭塘奇遇记》的地方。在小说《奇遇》中，芥川龙之介也借王生之口暗示了小说故事的出典："最后，这件趣闻传到了钱塘文人瞿佑的耳朵里。于是瞿佑据此写下了美丽的《渭塘奇遇记》。"[①]小说《渭塘奇遇记》和《奇遇》的故事主体部分都可以划分成四个层次，即王生其人、王生和酒肆之女的偶遇、王生和酒肆之女的梦中相会、王生和酒肆之女的终成眷属。本节从以上四个层次，对《奇遇》和《渭塘奇遇记》的异同进行比较分析，解读芥川龙之介的创作技巧、对中国古典小说的借鉴以及小说中蕴含的爱的礼赞。

---

① [日]芥川龙之介:《芥川龙之介全集》(第二卷)，高慧勤、魏大海主编，山东文艺出版社，2005，第81页。

一、王生其人

《渭塘奇遇记》中对王生的介绍比较简单:"至顺中,有王生者,本士族子,居于金陵。貌莹寒玉,神凝秋水,姿状甚美,众以奇俊王家郎称之。年二十,未娶。"①而在《奇遇》中,作者对王生其人的介绍十分细致,文字数量上比原著增加了十倍有余。但这并不是作者对原著进行了简单的扩大翻译,而是为了故事情节的发展精心做的安排。这一部分除了关于王生家境、容貌、年龄、婚姻状况等基本情况的描写之外,有大约三分之二的内容是描写王生生活习惯上的前后变化。一直以来,"王生也确实与好友赵生过着放荡不羁的生活,有时两个人结伴去听戏赏角,有时候则聚在一起豪赌一场,抑或是围坐在秦淮河畔某家酒肆的桌旁,通宵达旦地开怀畅饮",可见王生是当时典型的纨绔子弟,过着纸醉金迷的放浪生活。可是有一天,王生却突然改变了往昔的放浪生活:"不知为何,打去年秋天以来,王生就像是忘却了美酒的甘甜一般,突然不再开怀畅饮了。不,不仅不再开怀畅饮,甚至对吃喝嫖赌等诸多嗜好也都一概敬而远之。以赵生为代表的朋友们,无不对他的这种变化感到不可思议。"②作者并没有直接给出造成王生前后生活巨大反差的原因,但是可以想见,一定有一股巨大的力量,促使王生放弃了以往放浪不羁的生活。这就对王生的恋爱奇遇做了很好的铺垫,同时暗示了王生恋爱态度的真诚,赞扬了爱情力量的伟大。另外,"赵生"这一角色在原著中并未出现,是作者新增设的。作者通过王生与赵生的对比,衬托、凸显了王生前后生活习惯的变化,并且通过赵生和王生的对话,引出了王

---

① 瞿佑:《剪灯新话》,上海古籍出版社,1995,第 54 页。
② [日]芥川龙之介:《芥川龙之介全集》(第二卷),高慧勤、魏大海主编,山东文艺出版社,2005,第 76 页。

生与酒肆之女偶遇经过以及梦中的奇遇，巧妙地推进了故事的发展。

二、王生和酒肆之女的偶遇

　　原著《渭塘奇遇记》对王生和酒肆之女的偶遇描写得比较详细：“有田在松江，因往收秋租，回舟过渭塘，见一酒肆，青旗出于檐外；朱栏曲槛，缥缈如画；高柳古槐，黄叶交坠；芙蓉十数株，颜色或深或浅，红葩绿水，上下相映；白鹅一群，游泳其间。生泊舟岸侧，登肆沽酒而饮，斫巨螯之蟹，烩细鳞之鲈，果则绿橘黄橙，莲塘之藕，松坡之栗，以花磁盏酌真珠红酒而饮之。肆主亦富家，其女年十八，知音识字，态度不凡，见生在座，频于幕下窥之，或出半面，或露全体，去而复来，终莫能舍。生亦留神注意，彼此目成久之。已而酒尽出肆，怏怏登舟，如有所失。”①小说《奇遇》中对王生和酒肆之女偶遇的描写与原著大体相仿，值得注意的是，小说中保留了对酒肆的诗意描写：“……木舟驶近渭塘一带时，我看见一家店头悬挂着青旗的酒肆。它掩映在柳树和槐树丛中，朱栏曲槛，缥缈如画，足见其规模不小。而在栏杆外长着几十株芙蓉树，往河水里投落下片片树影。”②通过对比可以看出，这几乎是对原著的逐句翻译。青旗、酒肆、杨柳、槐树、朱栏、曲槛、芙蓉等都是中国古典诗词中的常见意象，诗人常以此入诗，营造气氛。如白居易的《杭州春望》：“涛声夜入伍员庙，柳色春藏苏小家。红袖织绫夸柿蒂，青旗沽酒趁梨花。”李白的《答湖州迦叶司马问白是何人》：“青莲居士谪仙人，酒肆藏名三十春。”王维的《资圣寺送甘二》：“柳色蔼春余，槐阴清夏首。”苏轼的《曲槛》：“流水照朱栏，浮萍乱明监。谁见槛上人，无言观物泛。”陆游的《秋思绝

---

① 瞿佑：《剪灯新话》，上海古籍出版社，1995，第 55 页。
② ［日］芥川龙之介：《芥川龙之介全集》（第二卷），高慧勤、魏大海主编，山东文艺出版社，2005，第 78 页。

句》：“黄蛱蝶轻停曲槛，红蜻蜓小过横塘。”许浑的《戏代李协律松江有赠》：“霜凝薜荔怯秋树，露滴芙蓉愁晚波。兰浦远乡应解珮，柳堤残月未鸣珂。”等等，含有类似意象的诗句俯首皆是，举不胜举。芥川龙之介受家学熏陶，自幼喜读中国古典诗词。芥川龙之介在初中毕业时致广濑雄的信中提道：“今晨细雨霏霏，独坐翻开许浑《丁卯诗集》，但觉愁情如雾，扑面而来。其怀古七律，尤为格调哀伤，较之李义山更为细腻，较之温飞卿更为哀艳。青莲少陵以降，以七律独步斗南，良有以之，实非偶然。”①由此可见芥川龙之介对中国古典诗词的喜爱，同时深深体会到诗词中的意境。芥川龙之介在小说中保留了青旗、酒肆、杨柳、槐树、朱栏、曲槛、芙蓉这些意象，不仅是出于个人的喜爱，更重要的是为了营造出浓厚的中国文学意象，以此增添异域文化色彩。

三、王生和酒肆之女的梦中相会

对于王生和酒肆之女梦中相会这一部分，小说《奇遇》几乎是对《渭塘奇遇记》进行了直接的翻译，如写王生入秀阁后所见景物："秀阁前是漂亮的葡萄架，架下凿有水池。水池方圆盈丈，砌以文石。我记得，当我来到清澈的泉水边时，甚至能数清水中的一尾尾金鱼。水池左右栽种着两株垂丝桧，绿阴婆娑，恰好与墙垣结成一片翠柏的屏障。……只见桌上立有一古铜瓶，中间插着几根孔雀的尾巴毛。而放在旁边的毛笔和砚台等等，无不显得朴素而雅致。就像在等待着某个人一样，还悬挂着碧玉的洞箫。壁下贴着四幅金花纸笺，题诗于上。诗体模仿苏东

---

① ［日］芥川龙之介：《芥川龙之介全集》（第五卷），高慧勤、魏大海主编，山东文艺出版社，2005，第8页。

坡的四时词,而书法则师承的是赵松雪。"①葡萄架、水池、金鱼、绿树、古铜瓶、毛笔、砚台、洞箫、金花纸笺等,把王生目光所至的景物依次展现出来,这是中国古代文学中常用的渲染叙景描写手法。芥川龙之介保留了原著中的景物描写,可见他对这种叙事写景手法的认同和借鉴。另外,对王生入秀阁后所见景物的描写,也可以衬托出女主人公的淑女形象。对葡萄架、水池、金鱼等庭院景物的描写,可以看出女主人公生活的闲情雅致,富有生活情调。而对毛笔、砚台、洞箫、纸笺等室内装饰的描写,则暗示女主人公具有一定的文学修养。因此,看似简单的景物铺陈描写,其实是为了塑造、凸显女主人公的形象。随着王生目光的推移、景物描写的渐次展开,女主人公的形象也随之逐渐丰满起来。

虽说王生和酒肆之女梦中相会这一部分几乎是对原著的直译,但还是和原著有所不同。首先,芥川龙之介省略了原著中四幅金花纸笺上面的题诗,以及王生所作会真诗三十韵。这大概是由于作者感觉大段的古汉语诗文对普通的日本读者来说难以理解和接受的缘故吧。其次,在原著中有关于"性"的大胆描写:"女见生至,与之承迎,执手入室,极其欢谑,会宿于寝。鸡鸣始觉,乃困卧篷窗底耳。"瞿佑的此段描写,既是对男女自由恋爱的讴歌,也是对封建礼教的批判。芥川龙之介在小说《奇遇》中采用了王生和赵生谈话的形式来叙述梦中奇遇,所以原著中这种较露骨的描写显得有些不合时宜。但是作者也许是受到了原著的启发,改变了故事的结尾,以另外一种形式谱写了一曲自由恋爱的恋歌。

四、王生和酒肆之女的终成眷属

小说与原著的最大不同是在故事的结尾。原著故事以解梦、联姻

---

① [日]芥川龙之介:《芥川龙之介全集》(第二卷),高慧勤、魏大海主编,山东文艺出版社,2005,第79页。

结尾：

> 明岁，复往收租，再过其处，则肆翁甚喜，延之入内。生不
> 解意，逡巡辞避。坐定，翁以诚告之曰："老拙惟一女，未曾适
> 人，去岁，君子所至，于此饮酒，偶有所睹，不能定情，因遂染
> 疾，长眠独语，如醉如痴，饵药无效，昨夕忽语曰：'明日郎君至
> 矣，宜往候之。'初以为妄，固未之信，今而君子果涉吾地，是天
> 假其灵而赐之便也。"……女闻生至，盛妆而出，衣服之丽，簪
> 饵之华，又皆梦中所识也。……彼此大惊，以为神契。遂与生
> 为夫妇，于飞而还，终以偕老，可谓奇遇矣！①

由此可见，原著《渭塘奇遇记》是一个彻头彻尾的关于梦中奇遇的
奇幻故事。但是芥川龙之介却在小说《奇遇》结尾部分，用王生和酒肆
之女的一段对话洗尽了这种奇幻色彩，彻底改变了小说的主题②：

> "戏终于平安地演完了。我对令尊大人说，我每天都梦见
> 你。当我说出这种小说似的谎言时，内心不知打了多少寒战。
> "我也对此好生担心呐。你对金陵的朋友也撒谎了吧？
> "嗯，也撒谎了。……
> "那么说来，还没有任何其他人知道事情的真相呢。也就
> 是去年秋天你悄悄溜进我房间的那件事……"

原来所谓的梦中奇遇，只不过是自由恋爱的一对青年男女谋划的
一条爱情巧计。为了对抗封建礼教，追求自己的幸福爱情，王生和少女

---

① 瞿佑：《剪灯新话》，上海古籍出版社，1995，第57页。
② ［日］芥川龙之介：《芥川龙之介全集》（第二卷），高慧勤、魏大海主编，山东
文艺出版社，2005，第81-82页。

巧妙地编织了一个梦中奇遇的故事。由此,小说巧妙地完成了从梦幻到现实的转化,奇幻的梦中奇遇变成了现实的恋爱故事。小说赞扬了男女青年追求爱情过程中表现出来的机智和勇敢,同时也表达了作者对自由恋爱的赞美。

但是故事并没有就此结束,在王生夫妇驾船离开渭塘后,作者又描写了少女父母之间的一段对话:

> "戏演到这儿,也算平安无事地结束了吧。想来,没有比这更值得庆幸的喜事了。"
>
> "的确,再也不可能有比这更值得庆幸的喜事了。只是当我听到女儿和女婿勉为其难地撒谎时,那真是莫大的痛苦呐。……"
>
> "哎,你就别再罗嗦了。是女儿和女婿觉得难为情,才绞尽脑汁编出了那种谎言的。而且,站在女婿的立场上,或许会觉得,如果不那么说,我们是不肯轻易把独生女儿嫁给他的吧。孩子他妈,你这是怎么啦?在如此大喜的婚礼上,竟老是哭个不停,这不是对不住人吗?"
>
> "孩子他爹,你自己不是也在哭吗?还责怪别人……"①

由此,小说主题得到了进一步的升华,由前面对自由恋爱的赞美,过渡到了对父母无私之爱的讴歌。酒肆少女的父母虽然早就看穿了女儿的"计谋",但是并没有拘泥于封建礼教而对女儿的恋爱横加阻拦、棒打鸳鸯,还处处配合,最终使女儿和王生有情人终成眷属。

芥川龙之介写小说《奇遇》自然不是猎奇,小说洋溢着对自由恋爱、对父母无私之爱的赞美,可以说充满了对爱的礼赞。但是现实生活中,

---

① ［日］芥川龙之介:《芥川龙之介全集》(第二卷),高慧勤、魏大海主编,山东文艺出版社,2005,第83页。

芥川龙之介并没有得到小说中所描绘、赞扬的爱情。芥川龙之介 23 岁时与一个叫吉田弥生的女子坠入爱河,这是他的初恋。但是由于养父家的反对,尤其是终生未嫁、像生母一样呵护芥川龙之介的大姨母的强烈反对,芥川龙之介不得不在第二年与吉田弥生分手。初恋的失败使芥川龙之介认识到了人性的自私,他在大正四年三月九日致恒藤恭的书简中提到:"是否有不自私的爱? 自私的爱无法超越人与人之间的障碍,无法治愈人的生存寂寞的苦恼。如果没有不自私的爱,就没有比人生更痛苦的了。"①可以想象,芥川龙之介对人性的自私充满了憎恨,同时也对现实生活中缺失的理想的爱情以及无私的父母之爱充满了渴望。鲁迅曾在《现代日本小说集》附录《关于作者的说明》中评论芥川龙之介的创作说:"他又多用旧材料,有时近于故事的翻译。但他的复述古事并不专是好奇,还有他的更深的根据:他想从含在这些材料里的古人的生活当中,寻出与自己的心情能够贴切的触著的或物,因此那些古代的故事经他改作以后,都注进新的生命去,便与现代人生出干系来了。"②芥川龙之介把一篇梦中奇遇的奇幻故事,改编成以"爱"为主题的小说,不正反映了他对现实生活中求之不得的爱情的渴望吗?

最后,从总体结构来看,小说还有一点与原著不同,即奇遇故事是通过小说家和编辑的对话展开的,这可以说是作者匠心独具的精心安排。小说通过现实中的小说家和编辑的对话这一形式引出奇遇故事,而故事的主体部分又是借助故事人物王生和赵生的对话来铺展开,这有些类似套匣结构,层层推进故事的发展,引人入胜。表现故事主题的结尾则是通过王生夫妇以及少女的父母的两段对话来完成的。可以

---

① [日]芥川龙之介:《芥川龙之介全集》(第五卷),高慧勤、魏大海主编,山东文艺出版社,2005,第 62 页。

② [日]国木田独步,等:《现代日本小说集》,周作人、鲁迅译,新星出版社,2006,第 279 页。

说,小说《奇遇》游走在现实和虚幻之间,以不同层面、不同角色的对话推进了故事的发展,结构十分巧妙。另外,作者在创作小说《奇遇》之前一直身负稿债,整日忙着为各种报刊写稿,为《中央公论》写稿时还一度未能及时完成而推迟交稿。小说以编辑催稿、小说家迫不得已拿出其他尚未发表的文稿应急这一形式来展开故事,多少是受到了现实中写稿现状的影响吧。

总之,作者把梦中奇遇的奇幻故事,改编成讴歌自由恋爱和父母无私之爱的现实小说,化虚为实,化奇为平,赞扬了世间最珍贵的感情,抒发了自己内心对于爱情的渴望。小说沿用了原著中的渲染叙景手法,使作品充满了中国古典情趣,洋溢着异国情调。同时,小说结构精巧,故事在对话中层层推进,最后拨雾见月,完成了从奇幻到现实的过渡。《奇遇》这篇小说从立意到结构都显示了作者高超的创作水平,值得我们借鉴和研究。

第二节　对爱情的执着——《尾生之信》论

小说《尾生之信》完成于日本大正八年(1919),属于芥川龙之介的中期作品,此时芥川龙之介创作技巧早已成熟,《尾生之信》虽然篇幅短小(仅 1500 余字),但是构思新颖、抒情性浓郁,从小说立意到语言运用都体现了较高的文学水平。芥川龙之介曾说自己乐于创作虽小巧玲珑却形式完美的作品,《尾生之信》堪称是"小巧玲珑却形式完美"的佳作。本节拟对芥川龙之介的《尾生之信》进行出典分析以及文本解读,分析作者的写作技巧及小说中蕴含的深层寓意。

一、《尾生之信》与出典故事的比较

在中国古代典籍中"尾生故事"多有记载,如《庄子·盗跖》:"尾生与女子期于梁下,女子不来,水至不去,抱梁柱而死。"《战国策·燕策》:"信如尾生,期而不来,抱梁柱而死。"《史记·苏秦传》:"信如尾生,与女子期于梁下,女子不来,水至不去,抱柱而死。"《淮南子·氾论训》:"尾生,与妇人期而死之。"高诱注:"尾生,鲁人,与妇人期于梁下,水至溺死也。"此事在《汉书·古今人表》《艺文类聚》等书亦有记载。后人遂用"尾生之信""尾生抱柱"等喻指对有约定的对方能够坚守信约,品德高尚。在此后的诗词中,诗人也常以之用典,如嵇康《琴赋》:"比干以之忠,尾生以之信。"等。

芥川龙之介自幼博览中国古籍,因此到底是哪部古籍直接激发了芥川龙之介的创作灵感,至今已无从考证。毋宁说芥川龙之介是在看了多部典籍中对尾生的记载后,灵感涌现,遂敷衍成篇。但是芥川龙之介创作小说《尾生之信》必定不是单纯地向本国读者介绍一个中国古代的故事。芥川龙之介自己也曾在《香烟与魔鬼》的序文中说:"我常从古老的故事中取材……然而即便有了素材,若自己不能深入其中,即素材与自己的表现欲望不能浑然一体,仍旧写不出小说。勉强动笔,也只能写些支离破碎的东西。"①

那么芥川龙之介从这个故事中"寻出与自己的心情能够贴切的触著的或物"究竟是什么呢?对比《尾生之信》和以《庄子·盗跖》为首的古籍中有关尾生的记载,可以看出小说与原典最大的不同是对故事结尾的处理。原典直接说尾生"抱梁柱而死",而小说是通过对"夜半,月

---

① [日]芥川龙之介:《芥川龙之介全集》(第四卷),高慧勤、魏大海主编,山东文艺出版社,2005,第 606 页。

光洒满河川中的芦丛和杞柳的时候,川水与微风窃窃私语,将桥下尾生的尸骸款款送向大海"的描写来暗示尾生水至不去,最终溺死。小说并没有直接描写尾生溺水身亡的过程以及是否抱梁柱而死,给读者留下了想象的空间。而且小说并没有就此结束,作者接着写道:"然而尾生的魂魄却好像恋慕寂寥夜空的月光,悄悄地脱离尸骸,宛如水汽和水藻的香气无声地从河川上升起一样,悠闲地高高地升向微明的天空……"①尾生肉体虽死,但是"凭靠仅仅一缕希冀",魂魄(精神)得到永生,得到升华。芥川龙之介通过虚幻的写法,把尾生的坚守等待写成一种心理欲求,一种对永不可能实现的爱情的执着。这难道不是在写芥川龙之介自己吗?我们首先想到的是芥川龙之介的爱情。芥川龙之介在大正三年爱上一个叫作吉田弥生的女孩,但是遭到养父家的强烈反对,不得已于翌年年初与女孩分手。正是这次不成功的初恋,埋下了芥川龙之介爱情不幸的祸根。大正七年二月二日,芥川龙之介与中学同学山本喜誉司的侄女塚本文子结婚。但是芥川龙之介在大正七年一月十九日致恒藤恭的书简中提到:"我下月结婚。现在心静如水,毫无新婚的气氛。似乎婚姻只是一桩生意,徒唤奈何。"②而且在后来写的《侏儒警语》中论及结婚时说道:"结婚对于调解性欲是有效的,却不足以调解爱情。"③不难看出,婚姻并没有带给他渴望的爱情。芥川龙之介婚后不久,在大正八年六月出席岩野泡鸣组织的"十日会"上,经广津和郎介绍认识了歌人秀繁子,同年两人开始交往,此后不久两人即发生了感情和肉体上的纠葛。和秀繁子的交往,给芥川龙之介的生活和文学创作带来了深远的影响,正如江口涣所说,芥川龙之介晚年的命运至少有

---

① 〔日〕芥川龍之介:《芥川龍之介全集》(第二卷),筑摩書房,1977,第152 页。

② 〔日〕芥川龙之介:《芥川龙之介全集》(第五卷),高慧勤、魏大海主编,山东文艺出版社,2005,第 156 页。

③ 〔日〕芥川龙之介:《芥川龙之介全集》(第四卷),高慧勤、魏大海主编,山东文艺出版社,2005,第 249 页。

30％是由秀繁子支配的。但是这段恋情并没有真正给芥川龙之介带来感情上的慰藉。芥川龙之介在自杀前写给小穴隆一的信中提到："我二十九岁那年,曾与某夫人犯下了罪。我对此犯罪行为,并无良心责备之感,只是有不少后悔之意。因没有选准对象而给我的生存带来了消极因素。……我利用去中国旅行的机会,好不容易摆脱了某夫人之手。"①纵观芥川龙之介短暂的一生,似乎可以说他自始至终都没有得到理想的爱情,而对爱情的渴望和追求一直蛰伏在他的内心深处。所以我们有理由说写于结婚之后的《尾生之信》其实不是在宣扬"对约定的对方要坚守信约",而是芥川龙之介对爱情求而不得的一种倾诉,并且通过尾生肉体泯灭、魂魄超生来表达自己那种对爱情既悲观又怀有一丝希望的复杂心理。

如果说让尾生的魂魄超脱奔月已属奇幻之笔,那么在小说的结尾部分让尾生的魂魄转生在"自己"体内,更是想象奇拔,寓意深远。"此后时间流转几千年,那魂魄历经无数轮回,又不得不托生人世了,那就是如今寄宿在我体内的魂魄。因此,我虽然生在现代,但是却不能做一件有意义的事情,昼夜漫然地过着梦幻的生活,只是一味等待着什么要来的不可思议的事情。这恰如尾生在薄暮的桥下,痴情等待永不到来的恋人一般。"②读到这里,可以想见,也许芥川龙之介等待的并不只是一份理想的爱情,而是对创作、对人生、对后世有着更多的期待。芥川龙之介曾在《澄江堂杂记》"后世"一节中说过:"我并不期待百代之后的知己……甚至百年之后……谁会知道我的存在?那时我的作品集埋在灰尘堆里……空茫地等待读者吧?"但是作者的思想是矛盾的,在同一节中作者表达了如下的期待:"不过,某人偶然发现了我的作品集,阅

---

① 〔日〕芥川龙之介:《芥川龙之介全集》(第五卷),高慧勤、魏大海主编,山东文艺出版社,2005,第689页。

② 〔日〕芥川龍之介:《芥川龍之介全集》(第二卷),筑摩書房,1977,第152页。

读其中的一篇或一篇中的几行,这等事真的不会有吗？我再抱点利己的奢望,即作品集中的一篇也好,几行也罢,令我那陌生的未来读者或多或少做点儿美梦,这等事真的不会有吗?"①作为一名职业作家,对好作品的期待,对自己的作品在后世价值的期待是在情理之中的,芥川龙之介概莫能外。在小说的结尾,他把自己的灵魂看作如同尾生的灵魂,笔墨之间流露着伤感,正是他思想上的"对未来的恍惚的不安"的表露。小说完成后的第八年,芥川龙之介选择放弃等待,如同尾生一样,怀着一丝希冀的绝望,结束了自己的生命。

如上所述,"尾生之信"在中国古代主要是用来强调对有约定的对方要坚守信约,更多的是强调道德因素,而作者对原典进行了大胆的处理,改变了故事的象征意蕴,留给读者更多的想象空间,赋予了作品更深广的意境。

二、对小说文本的分析

(一)"象征"手法的运用

尾生从刚才起就伫立桥下,一直等待女人的到来。

抬眼望去,高高的石桥栏上,蔓草已爬了半截。缝隙间不时闪现来往行人的素衣下摆,被鲜红的落日映照着,随风悠然飘动。女人却仍未到来。②

---

① ［日］芥川龙之介:《芥川龙之介全集》(第三卷),高慧勤、魏大海主编,山东文艺出版社,2005,第322页。

② ［日］芥川龙之介:《芥川龙之介全集》(第一卷),高慧勤、魏大海主编,山东文艺出版社,2005,第659页。

以上是小说《尾生之信》的开始部分。从"被鲜红的落日映照着"一句,不难看出故事的发生时间已近黄昏。小说把故事的开始时间设置为黄昏,这是有特殊象征意义的。黄昏是日本文学中一种常见的意象,常用于烘染悲剧气氛。在悲剧爱情故事中,男女主人公的相遇多被设定在黄昏,例如森鸥外的处女作《舞姬》中描写主人公太田丰太郎与德国舞女偶遇的场景:"某日黄昏,我漫步兽苑……我正想经过这地方时,看到一位少女在深锁的教堂门前啜泣,年纪大约十六七岁……"①小说通过黄昏场景的设定,暗示了爱情故事的发生和舞女被抛弃最终发疯这一悲剧的结局。芥川龙之介 17 岁时就已熟读森鸥外的《舞姬》等作品,可以说森鸥外的创作手法对他的影响甚大。《尾生之信》中黄昏场景的设定,可见芥川龙之介对黄昏象征手法的认同和借鉴。小说以尾生于黄昏时分在桥下等待开篇,既暗示了尾生的等待与爱情有关,又暗示了尾生苦等无果,最终被水吞噬的悲剧结局。

同时,关于尾生溺水和魂魄飞升的时间,我们也可以通过小说的描写来进行推断。通过尾生溺水身亡之后的描写:"夜半,月光洒满河川中的芦丛和杞柳的时候",我们可以推断尾生是在夜晚溺水的,当时有朗月当空,月光盈溢。而紧随其后描写尾生魂魄脱离尸骸的描写"悠闲地高高地升向微明的天空",可以推断时间已近黎明。小说主体部分把故事的发生时间设定在黄昏时刻到第二天的黎明,也是有着深刻寓意的。黄昏这一时刻,是白昼向黑夜过渡的中间地带,在小说中可以看作是阴阳和生死的交界线。而黎明象征着希望和新生,小说在黎明时刻安排尾生的魂魄飞升,暗示着尾生精神的不灭。

另外,小说以主人公尾生的视角,描写了若干景物,其中最值得我们注意的是作者对芦苇的重视。在仅 1500 余字的小说中对"芦苇"的描写竟达七次之多,芦苇在文学中有独特的象征意义,常用于相思,如《诗经·国风·秦风》中有诗《蒹葭》(注:蒹葭即芦苇):

---

① [日]森鸥外:『日本文学全集』(第三卷),新潮社,1975,第 9 页。

> 蒹葭苍苍,白露为霜。所谓伊人,在水一方。溯洄从之,
> 道阻且长。溯游从之,宛在水中央。蒹葭凄凄,白露未晞。所
> 谓伊人,在水之湄。溯洄从之,道阻且跻。溯游从之,宛在水
> 中坻。蒹葭采采,白露未已。所谓伊人,在水之涘。溯洄从
> 之,道阻且右。溯游从之,宛在水中沚。

小说中频繁出现芦苇这一意象,可以烘托尾生等待恋人的心情。
同时因为芦苇中空,所以也可以看作是脆弱的象征,在小说中可以暗示
悲剧的发生。

(二)“反复”描写手法的运用

小说全篇由 15 个段落组成,其中描写尾生等待的前 13 段,除第 9
段外都是以紧邻的两段为 1 小节,共计 7 小节,通过情节反复,渐次推
进故事的发展。通过对此 7 小节的文本分析,我们可以提炼出以下提
纲(为了便于直观比较,摘录了日文原文)①:

> (1)尾生は橋の下に佇んで、さっきから女の来るのを待
> っている。
> ……が、女は未だに来ない。
> (2)尾生はそっと口笛を鳴しながら、気軽く橋の下の洲
> を見渡した。
> ……が、女は未だに来ない。
> (3)尾生はやや待遠しそうに水際まで歩を移して、舟一
> 艘通らない静な川筋を眺めまわした。
> ……が、女は未だに来ない。

---

① [日]芥川龍之介:《芥川龍之介全集》(第二卷),筑摩書房,1977,第
152頁。

（4）尾生は水際から歩をめぐらせて、今度は広くもない洲の上を、あちらこちらと歩きながら、おもむろに暮色を加えて行く、あたりの静かさに耳を傾けた。

……が、女は未だに来ない。

（5）尾生は険しく眉をひそめながら、橋の下のうす暗い洲を、いよいよ足早に歩き始めた。……が、女は未だに来ない。

（6）尾生はとうとう立ちすくんだ。

……が、女は未だに来ない。

（7）尾生は水の中に立ったまま、まだ一縷の望を便りに、何度も橋の空へ眼をやった。

……が、女は未だに来ない。……

　　通过以上提纲可以看出，每一小节都是以"尾生は＋动词（多为视觉动词）"的形式开始，以"が、女は未だに来ない"的形式结尾，通过这种形式的反复，渐次把故事推向高潮。众所周知，文学作品中的"反复"有强调的作用，小说中通过"が、女は未だに来ない"（女人却仍未到来）同一语句的七次反复，刻画出尾生等待的焦急心情。同时，小说又富于层次变化，每一小节中通过对尾生的动作描写和以尾生的视角展开的景物描写，细致刻画了尾生的复杂心理变化。通过第二小节中对尾生的描写："尾生一边轻吹口哨，一边在桥下悠然自得地眺望河滩沙洲"，我们可以感觉到尾生等待恋人的喜悦。而这时尾生眼中的景物"芦苇丛生的水边，或许是螃蟹的栖身之所，洞开着许多圆孔。每当波浪拍岸时，便发出轻微的嗒噗嗒噗声"，可以说是充满了生趣。随着时间的推移，尾生在第三、四小节中的心情有了改变："尾生似乎等烦了……""……在不太宽阔的沙洲上徘徊"，主人公的喜悦心情已经开始变得烦躁，这时尾生发现"不知何时已经开始涨潮，洗刷黄泥的水色更加逼近自己"。在第五小节中"尾生狰狞地倒竖双眉，在桥下沙洲走得愈加急促"。此时,尾生的心情已经变得焦急甚至有些愤怒。他"抬头望去,刚才桥上鲜红的落日余晖已消失殆尽",恐怕此时一丝绝望已经掠过尾生的心头。在第六小节中,"尾生终于被河面的情景惊呆","照此下去,腿部、腹部、胸部都必定在顷刻之间被这冷漠无情的潮水淹没"。此时尾生必定已经心生恐惧,但是他并没有退却。在第七小节中,"尾生依旧站在水中,凭靠仅仅一缕希冀"①。作者用七小节的反复、递进式描写,一步一步地把尾生等待的心情从喜悦推进到烦躁、焦急、愤怒、恐惧,一直到仅怀一丝希望的绝望,层次分明,扣人心弦。

(三)对小说结尾的文本分析

小说有一个奇幻的结尾:"此后时间流转几千年,那魂魄历经无数轮回,又不得不托生人世了,那就是如今寄宿在我体内的魂魄。因此,我虽然生在现代,但是却不能做一件有意义的事情,昼夜漫然地过着梦幻的生活,只是一味等待着什么要来的不可思议的事情。这恰如尾生在薄暮的桥下,痴情等待永不到来的恋人一般。"芥川龙之介历来十分重视小说的结尾,往往会在小说的结尾点题或留下朦胧的暗示。关于小说结尾对主题的暗示,前文也有论述,在此不再重复。这里想尝试对结尾的一些文本细节进行分析。首先,小说没有明确表明故事的发生时间,如果不知道故事背景,我们很难猜测故事发生的年代。而结尾的首句"此后时间流转几千年",点明故事发生时间是在距今极遥远的古代。其次,小说也没有明确表明尾生和所等之人的关系,而是通过小说结尾最后一句话"这恰如尾生在薄暮的桥下,痴情等待永不到来的恋人一般"来侧面说明尾生是在苦苦等待自己的恋人。其实在小说的开头已有暗示:"尾生从刚才起就伫立桥下,一直等待女人的到来。"桥下,幽暗之所,避人耳目之地。尾生与女子约定会于桥下而非桥上,这就暗示

---

① 〔日〕芥川龙之介:《芥川龙之介全集》(第一卷),高慧勤、魏大海主编,山东文艺出版社,2005,第 660 页。

了尾生与女子的关系。小说首尾呼应,巧妙地向读者阐明了人物关系。除此之外,还有一个细节值得我们注意,即作者在描写尾生的魂魄转生于自己体内时说:"又不得不托生人世"(また生を人間に託さなければならなくなった),在作者的眼中,尾生大概是没有托生的喜悦吧。认为"人生比地狱还地狱"的芥川龙之介,最终选择了服药自杀,其原因之一就是"没有死而复生的危险",让尾生魂魄转世的芥川龙之介,是否会希望自己的灵魂再度转世为人呢?

本节通过小说与原典的对比、对小说文本的解析等几方面对《尾生之信》进行了粗略的分析。《尾生之信》语言精练、构思精巧、寓意深远,而且留给读者诸多想象的空间,值得我们深入研究。

第三节　对人性的考验
——《蜘蛛之丝》《魔术》与《杜子春》论

芥川龙之介是日本著名的短篇小说家,《蜘蛛之丝》《魔术》和《杜子春》是芥川龙之介前期的代表作,同时也是芥川龙之介童话作品的代表作。《蜘蛛之丝》完成于日本大正七年(1918)四月,写佛世尊看到挣扎于地狱苦海的犍陀多,想起他曾经救过一只蜘蛛,于是心生怜悯,想用一根蜘蛛丝搭救的故事。《魔术》完成于大正八年十一月,写主人公"我"欲向魔术师学习魔术,最终因为私欲而未能如愿的故事。《杜子春》完成于日本大正九年六月,改编自中国唐代传奇《杜子春传》,写杜子春因违反与铁冠子的约定而未能成仙的故事。三部作品相继完成,从篇幅上看,《蜘蛛之丝》仅3000余字,《魔术》约8000字,《杜子春》则达到了1万余字,内容上逐篇增加。从创作手法上看,三篇作品具有连贯性,而且文本中都蕴含着同一个主题,即对人性的考验。另外,三部作品都运用了大量的暗示和隐喻,使作品在有限的篇幅中蕴含了更丰富的寓意。本节拟从考验的时间与地点、考验的实施者与承受者、考验的手段与目的等三个方面进行对比分析,重新解读《蜘蛛之丝》《魔术》和《杜子春》,揭示三部作品的内在关联、异中有同的创作手法以及各自包蕴的文学主题。

一、考验的时间与地点

"一天,佛世尊独自在极乐净土的宝莲池畔闲步。池中莲花盛开,朵朵晶白如玉。花心之中金蕊送香,其香胜妙殊绝,普熏十方。极乐世界大约时当清晨。"[①]从《蜘蛛之丝》的开篇可以看出,故事是从清晨的极乐净土开始的。清晨在极乐净土闲步的佛世尊,偶然发现在地狱底层苦苦挣扎的犍陀多,想起犍陀多曾经救过一只蜘蛛,于是动了一丝怜悯之心,将一缕蜘蛛丝垂下地狱。佛世尊用一根细细的蜘蛛丝对犍陀多做了一次生死考验。作者把考验的地点放置在了地狱。故事结尾时,"极乐世界大约已近正午时分"[②]。另外,众所周知,莲的花期是 6 月至9 月,文学中多用来喻指夏季。因此考验的时间应该是在夏季某日的清晨至正午时分。值得注意的是,作者在故事的开篇和结尾都描写了生长在极乐净土宝莲池中的莲花。在佛教中,莲花象征神圣、纯洁,在小说中作者利用莲花烘托了神圣、纯洁的极乐净土,与刀山剑树、血水涌动的地狱形成了鲜明的对比。另外,在日本民俗中,莲被认为是与死亡及幽灵世界连在一起的。作者把十八层地狱置于极乐莲池之下,巧妙地用莲把极乐世界和地狱连接在一起。

---

① ［日］芥川龙之介:《芥川龙之介全集》(第一卷),高慧勤、魏大海主编,山东文艺出版社,2005,第 325 页。

② ［日］芥川龙之介:《芥川龙之介全集》(第一卷),高慧勤、魏大海主编,山东文艺出版社,2005,第 328 页。

　　《魔术》中的考验发生在"一个秋雨霏微的夜晚"①,发生的地点是在银座某俱乐部内。在这里,考验发生的时间可以看成是一种暗示。"秋雨霏微的夜晚"这一意境的设定,给小说带来一种暗淡萧瑟的气氛,暗示了"我"向魔术师拜师学艺将以失败而告终。而考验的地点则可以看成是一种隐喻。作者把考验的地点放在了"银座",魔术师在"银座"中考验主人公"我"是否有私欲。而考验是由一堆煤炭变成的金币如何处置开始的。在这里,银座可以看成是金钱和物质的隐喻。另外值得注意的一点是,在《蜘蛛之丝》中对犍陀多的考验是实际发生的,而在《魔术》里作者把对"我"的考验不露声色地置于梦中,对人性的考验由实入虚,虚实相伴,使故事跌宕起伏、富于变化,增强了小说的故事性。

　　在《杜子春》中,作者把考验的时间安排在一个春日的黄昏。春天代表着新生和希望,恰好与故事结尾中杜子春的新生遥相呼应。在原典《杜子春传》中,幻梦里的杜子春历尽磨难,最终被阎罗王转投女胎,后嫁于进士卢珪,对杜子春最终的考验地点就被安排在卢珪家中。而在小说《杜子春》中,和《蜘蛛之丝》一样,作者把主要的考验地点安排在了地狱,而这一切考验和《魔术》《杜子春传》中的考验一样,都是发生在幻梦中。因此小说《杜子春》既有对原典《杜子春传》的因袭,也有对《蜘蛛之丝》和《魔术》的继承和发扬,显示了作者一贯的创作手法。

二、考验的实施者与承受者

　　对三部作品进行考察后发现,三部作品中考验的实施者都是神佛或具有超能力的人,而考验的承受者在某种程度上说,都是需要救赎的人。这显示了芥川龙之介创作手法上的共性。

---

　　①　[日]芥川龙之介:《芥川龙之介全集》(第一卷),高慧勤、魏大海主编,山东文艺出版社,2005,第622页。

《蜘蛛之丝》中考验的实施者是极乐世界中的佛世尊,可以掌控地狱中人的生死。考验的承受者是生前杀人放火、无恶不作,死后在十八层地狱最底层痛苦挣扎的大盗,同时也是需要佛世尊救赎的对象。

《魔术》中考验的实施者米斯拉是一位具有超能力的魔术大师。"米斯拉回过头去,望了一眼靠墙的书架,接着,把手伸向书架,像唤人那样,动了动手指,于是,书架上的书,一册一册地动了起来,自动飞到桌子上。"①由此可见,米斯拉虽然非神非佛,但是具有超人的能力,在小说中是一个异于常人、类似神佛的存在。被考验的主人公"我",虽然不像犍陀多那样罪恶深重,但是内心萌动着自己不知的私欲,因此也可以理解成是米斯拉心灵救赎的对象。

《杜子春》中考验的实施者铁冠子是住在峨眉山上的神仙,考验的承受者杜子春"本是财主之子,如今家财荡尽,无以度日,景况堪怜"②。后来两次得到铁冠子的指点,经历了两次奢华生活,看透了薄情寡义,厌倦了世间生活。因此,可以说杜子春是需要物质与精神两方面救赎的对象。

三、考验的手段与目的

《蜘蛛之丝》中佛世尊看到挣扎于地狱苦海的犍陀多,想起他曾经救过一只蜘蛛,于是心生怜悯,想救他脱离十八层地狱。佛世尊本来可以通过法力直接帮助犍陀多脱离苦海,但是佛世尊却没有这样做,而是垂下了一根细细的蜘蛛丝,这根细细的蜘蛛丝即隐喻着一线

---

① ［日］芥川龙之介:《芥川龙之介全集》(第一卷),高慧勤、魏大海主编,山东文艺出版社,2005,第624页。

② ［日］芥川龙之介:《芥川龙之介全集》(第一卷),高慧勤、魏大海主编,山东文艺出版社,2005,第767页。

生机,同时又可以看成是考验的象征。佛世尊通过这根细细的蜘蛛丝对犍陀多做了一次生死考验。以佛世尊的全知全能,定然会预料到其他人会跟着犍陀多爬上蜘蛛丝。如果犍陀多不顾他人死活,想踢落他人而一人逃生,那么佛世尊定会让蜘蛛丝断裂,让犍陀多重新坠入地狱。如果犍陀多对他人心怀同情和关爱,不顾自己重新坠落地狱的危险而让他人和自己一起逃生,那么一根细细的蜘蛛丝必然无法承担地狱中众多罪恶之人的重量。而佛世尊必然也不会让地狱中所有的罪孽深重的罪人都靠蜘蛛丝脱离地狱。可以推断,这种情况下蜘蛛丝依然会断裂,只不过应该是会在犍陀多下方断裂,只保留下犍陀多一个人。因此《蜘蛛之丝》是对人性中利己主义的考验。值得我们注意的是,犍陀多是在完全不知情的情况下接受了考验。生前罪大恶极的犍陀多根本不会预料到佛世尊会明察秋毫并心怀慈悲,想用一根蜘蛛丝救自己脱离地狱苦海。而且蜘蛛丝纤细无比,会让人产生随时会断裂的恐惧感,在这种情况下,更能考验一个人是否对他人怀有同情和关爱,使人内心隐藏的罪恶人性暴露无遗。最终犍陀多没有经受住考验,就在他暴喝一声:"……谁让你们爬上来的?滚下去!快滚下去!"①的时候,蜘蛛丝突然从吊着他的地方断裂开来,犍陀多又重新坠入了地狱。

《魔术》中的主人公"我"欲向魔术师米斯拉学习魔术,但是米斯拉对"我"是否具有学习魔术的资格表示怀疑:"唯有一点,有私欲的人是学不了的。想学哈桑·甘德魔术,首先要去除一切欲望,您能办得到吗?"②魔术师米斯拉通过幻术将"我"置于梦中进行考验。在梦中,"我"学习魔术一月有余时,为了向几个朋友炫耀自己的本领,把一块炭火变

---

① [日]芥川龙之介:《芥川龙之介全集》(第一卷),高慧勤、魏大海主编,山东文艺出版社,2005,第327页。

② [日]芥川龙之介:《芥川龙之介全集》(第一卷),高慧勤、魏大海主编,山东文艺出版社,2005,第625页。

成了一堆金币。但是此时"我"还记得米斯拉的告诫："我这手魔术，一旦利欲熏心，就不灵验了。所以，尽管是堆金币，诸位既然看过，我就该马上把它抛回原来的火炉里去。"①但是朋友们极力反对，最后提出用金币作赌本玩纸牌的建议。一直克制在"我"内心深处的私欲在玩纸牌的过程中逐渐抬头，最终爆发出来："这一把倘若能赢，对方的全部财产，转手便统统归我所有。在这千钧一发之际，如不将魔术借来一用，那苦学魔术还有什么意思！这么一想，我迫不及待，暗中使了一下魔术……"②而此时，魔术师米斯拉也达到了考验的目的。当"我"从幻梦中清醒过来之后，米斯拉露出遗憾的目光对我说："想要学我的魔术，首先就要舍弃一切欲望。这点修为，你看来还差着点儿。"③由此可见，米斯拉设计的这场考验是对人性中私欲的考验，而这种私欲集中体现在对物质（金钱）的贪欲上。"我"因为控制不住物质上的贪欲而失去了向米斯拉学习魔术的机会。

《杜子春》是芥川龙之介童话作品中的一篇名著，不同学者从不同的角度进行过不同的解读。笔者通过对《杜子春》进行文本细读，发现小说中暗含着三个考验。第一个是物质上的考验。当杜子春家财荡尽，走投无路时遇到了铁冠子。铁冠子对杜子春说："待我教你个好法子吧。你立刻去站在夕阳下，直到影子映到地上，等待半夜时分，将影子的头部挖开，必有满满一车黄金可得。"④杜子春按照铁冠子的吩咐去做了，结果一夜暴富。杜子春发迹之后过起了奢靡的生活，过去对面相逢不相认的亲友、洛阳城中的才子佳人都纷纷攀附趋奉。但是不到三

---

① ［日］芥川龙之介：《芥川龙之介全集》（第一卷），高慧勤、魏大海主编，山东文艺出版社，2005，第 628 页。

② ［日］芥川龙之介：《芥川龙之介全集》（第一卷），高慧勤、魏大海主编，山东文艺出版社，2005，第 629 页。

③ ［日］芥川龙之介：《芥川龙之介全集》（第一卷），高慧勤、魏大海主编，山东文艺出版社，2005，第 630 页。

④ ［日］芥川龙之介：《芥川龙之介全集》（第一卷），高慧勤、魏大海主编，山东文艺出版社，2005，第 768 页。

年光景,杜子春又家财散尽,一贫如洗,而且洛阳城中无一人肯收留他。这时铁冠子又一次出现在杜子春面前说:"待我教你个好法子吧。你立刻去站在夕阳下,直到影子映到地上,等待半夜时分,将影子的胸部挖开,必有满满一车的黄金可得。"①杜子春依靠铁冠子的帮助,再次成为富豪,又过起了与往昔一样的奢靡生活。结果不到三年,杜子春又变得一贫如洗。这时铁冠子第三次出现在杜子春的面前,教给他与以往类似的方法,只不过这次是将影子的腹部挖开。而头、胸、腹等俱全的影子,不正是杜子春生命的象征吗?如果杜子春继续以前的"挖金—挥霍—返贫"的生活模式,那么可想而知,杜子春的影子从头至脚将全部被挖开,那么后果也可想而知。再换一个角度看,神仙铁冠子数次指点杜子春挖金,难道是为了一直让杜子春过这种奢靡的生活吗?答案显然是否定的。铁冠子是在考验杜子春对待物质、对待生活的态度,并希望杜子春能逐渐领悟生活的真谛。这些考验是在现实生活中进行的,但是杜子春并不知情。所幸杜子春没有执迷不悟,看透了世间薄情寡义,开始对生活有所思,并想拜铁冠子为师,学习仙术。

第二个考验就是对杜子春能否成仙的考验。与《魔术》中的考验相似,这是在幻梦中进行的考验,但与《魔术》中的"我"不同,杜子春知道自己是身处梦幻中,遇到的一切磨难只是成仙前的考验。因为铁冠子专门嘱咐过杜子春:"我不在,魔障想必会来骗你。不管发生什么事,决不可出声。切记,你一张口,就成不了神仙了。明白么?哪怕天崩地裂,一声也做不得。"②杜子春在梦中先后经历了虎与蟒、狂风暴雨、雷电的考验,后来被金甲神将用三叉戟刺死,魂魄下到了地狱。在地狱中,

---

① [日]芥川龙之介:《芥川龙之介全集》(第一卷),高慧勤、魏大海主编,山东文艺出版社,2005,第 769 页。

② [日]芥川龙之介:《芥川龙之介全集》(第一卷),高慧勤、魏大海主编,山东文艺出版社,2005,第 772 页。

杜子春经受了各种磨难，"刀剑穿胸，火焰烧脸，拔舌剥皮，铁杵敲骨，油锅煎熬，毒蛇吸脑，熊鹰啄眼，不一而足"①。但是杜子春牢记着铁冠子的嘱咐，咬紧牙关，一声不吭。当看到鬼卒鞭打沦为畜生的父母时，起初还想拼命忍住不出声，这时一丝声音若有若无地传入杜子春的耳中："别担心！我们怎么着都不要紧，只要你能享福，比什么都强。不管阎王爷说什么，你不想说，千万别出声！"②听到母亲的话，杜子春的心理防线瞬间崩溃，想起自己有钱时身边宾客如云，都对自己阿谀奉承；一旦自己落魄了，就对自己不屑一顾。与这些世间薄情人相比，"母亲这份志气，何等可钦！她的志气，多么坚强！"③杜子春忘了铁冠子的嘱咐，唰唰落下泪来，叫了一声"娘"。这一声，让杜子春从幻梦中惊醒过来回到了现实，也切断了杜子春的成仙之路。

第三个考验是对亲情的考验，同样是在幻梦中进行的，但是杜子春并不知情。当杜子春叫了一声"娘"，从幻梦中苏醒过来后，铁冠子神情庄重地对他说："我当时想，如果你真不作声，我会立即取你的性命。"④由此推断，如果杜子春出声，那么就违背了约定，不会得道成仙。如果杜子春不出声，那么神仙铁冠子会取他的性命，不但神仙做不成，性命也不保。故事发展到这里，我们终于明白，铁冠子根本没有打算渡杜子春成仙。这诸多的考验也并不是考验杜子春是否能够成仙，而是对杜子春人性的考验，考验杜子春对待亲情的态度。当铁冠子对杜子春说："如何？做得了我的弟子，却做不得神仙吧?"杜子春却说："不过，做不

① ［日］芥川龙之介:《芥川龙之介全集》(第一卷)，高慧勤、魏大海主编，山东文艺出版社，2005，第775页。

② ［日］芥川龙之介:《芥川龙之介全集》(第一卷)，高慧勤、魏大海主编，山东文艺出版社，2005，第776页。

③ ［日］芥川龙之介:《芥川龙之介全集》(第一卷)，高慧勤、魏大海主编，山东文艺出版社，2005，第776页。

④ ［日］芥川龙之介:《芥川龙之介全集》(第一卷)，高慧勤、魏大海主编，山东文艺出版社，2005，第777页。

得神仙,倒反值得庆幸。"①并表示以后要堂堂正正做人,本本分分过日子。这也许是对铁冠子第三个考验的最好回应。第二、第三个考验同样是在幻梦中进行的,但是一明一暗交织在一起,使故事曲折变化,扣人心弦。

《蜘蛛之丝》《魔术》和《杜子春》三部作品都以对人性的考验为主题,对人性中的利己主义进行了拷问,但是侧重点各不相同。《蜘蛛之丝》侧重于考验是否对他人心怀同情和关爱,《魔术》则侧重于对物质的考验。《杜子春》综合了《蜘蛛之丝》与《魔术》的考验方式和表现手法,升级了考验,改变了单一的考验目的,而且考验手段也变化多样,并渐次深入,直击杜子春的人性深处。《蜘蛛之丝》和《魔术》中的主人公都没有经受住考验,结局让人失望,弥漫着消极的气息。而《杜子春》中的主人公杜子春最终经受住了考验,暗示了杜子春的新生,同时也反映了作者对人性寄予的一线美好的希望。对人性的考验与拷问贯彻于芥川龙之介的整个文学生涯,成为理解芥川龙之介文学的一把钥匙。如何去发掘隐藏在文本之下的人性考验,并借此探求作品的文学主题,这些值得我们深入研究。

第四节 《中国游记》在中国的译介与传播

1921 年鲁迅率先翻译了芥川龙之介的《鼻子》和《罗生门》,分别连载在 5 月 11 日至 13 日和 6 月 14 日至 17 日的《晨报副刊》上,可以说这是芥川龙之介作品汉译的滥觞。从此以后,芥川龙之介的作品被陆续译介到中国,迄今为止已近百年,先后出版过数十种芥川龙之介作品的

---

① [日]芥川龙之介:《芥川龙之介全集》(第一卷),高慧勤、魏大海主编,山东文艺出版社,2005,第 777 页。

单行本,2005 年甚至出版了高慧勤主编的五卷本《芥川龙之介全集》。芥川龙之介作品中与中国关系最为密切、在中国引起争论最大的莫过于《中国游记》。《中国游记》在国内迄今为止有两个节译本和六个全译本。对《中国游记》各种译本进行比较研究,可以理清《中国游记》在中国译介的脉络,同时对促进《中国游记》及芥川龙之介文学的研究也将具有一定的积极意义。

一、20 世纪 20 年代《中国游记》在中国的译介与传播

受《大阪每日新闻》派遣,芥川龙之介于 1921 年 3 月至 7 月间访问了中国,回国后陆续发表了《上海游记》(1921)、《江南游记》(1922)、《长江游记》(1924)和《北京日记抄》(1925)。1925 年 11 月,日本改造社出版了芥川龙之介《中国游记》的第一个单行本,其中收录了以上提到的四种游记,同时还收录了以前未曾发表过的《杂信一束》。1926 年 4 月,夏丏尊翻译了《中国游记》的部分章节,以"芥川龙之介氏的中国观"为题连载于《小说月报》上面,这是《中国游记》在中国的首译,具有深远的影响和历史意义。1927 年 12 月,芥川龙之介作品在中国的第一个单行本《芥川龙之介集》由上海开明书店出版。该作品集由鲁迅、夏丏尊、方光焘等学者合译,共收录小说八篇,另外还有附录两篇,夏丏尊翻译的《芥川龙之介氏的中国观》以"中国游记"为题收于附录一。从内容上来看,和之前发表的《芥川龙之介氏的中国观》并没有什么不同,只是换了一个题目,因此本节将二者看作《中国游记》的同一个节译本来考察。

20 世纪初,鲁迅和周作人兄弟率先提出了"直译"的翻译理论,后来成为在日本文学翻译中被普遍遵循的一种翻译方法。夏丏尊在翻译《中国游记》时也难免受到直译思想的影响。一个明显的例子是夏译本中直接借用了大量的日语词汇。现以《芥川龙之介集》中收录的《中国游记》的译文为例:

(1)浪漫得几乎可使人为之恐缩。（144 页）

(2)有的披着新闻纸。（144 页）

(3)人们的聚集,和日本的"缘日"相似。（146 页）

(4)在上品的无边眼镜背后……（153 页）

(5)和村田君波多君同坐了自动车……（155 页）

(6)坐在车里,车掌就来检票。（166 页）

(7)到这地步,婆子的来意,也不必再待岛津氏的通译了。（180 页）

(8)岛津氏拿出二个铜货来。（182 页）

　　20 世纪二三十年代比较通行的翻译方式并没有一直沿用下来,以上几个例子中借用的日语词汇,很多至今没有被现代汉语所接纳,现代读者阅读起来就要费一些思索了。

　　另外,20 世纪初的翻译家们在翻译外来词汇时多采用音译的方式,如把"デモクラシー"(民主)音译成"德谟克拉西",把"インスピレーション"(灵感)音译成"烟土披里纯"等,这种翻译方式在夏译本《中国游记》中也留有印记。如把"ジョン・ブル"(英国佬)音译成"约翰·勃尔",把"アンクル・サム"(美国佬)音译成"克尔·撒姆"等,看上去好像一个人的名字。甚至把"ありがとう"(谢谢)直接音译成了"阿里额托",不熟悉日语的人就不那么容易理解了。汉字是表意文字,往往从字形上就能推断出字义,而中国人很难从字形去推断音译词的含义。所以一些词最初被翻译成音译词,后来就被意译词所取代了。夏译本中出现的一些音译词,在以后的几个译本中都改成了意译词。

　　夏译本《中国游记》虽然以现代读者的眼光来看未免有些行文生涩,但是总体来看不失为一个高质量的译本。当然,译本中还是存在一些缺憾。最大的缺憾是夏译本《中国游记》并非全译本,而是简略的节译本,译出的部分不足原书的三分之一。而且译者在译文中没有标明章节次序,在章节的取舍上也颇有豪杰译的气势,或在一节中省略数行

内容,或将数节合并成一节,甚至《长江游记》只选译了第一节中的部分内容,其余都省略了。而《杂信一束》则全部省略不译。因为译文省略过多,所以读者难窥《中国游记》的全貌,这或多或少影响了读者对《中国游记》的接受和理解。另外,夏译本中也偶有误译。如把"先生、何か早口に答ふれど、生憎僕に聞き取ること能はず。「もう一度どうか」を繰り返せば、先生、さも忌忌しさうに藁半紙の上に大書して曰、「老、老、老、老、老、……」と"①翻译成"先生虽曾即刻回答,可是我终是不懂。只是无聊地重复说'再出去试试如何?'先生乃愤愤地在纸上大书着说'老,老,老,老,老……'"②但是从译本总体来看,还是瑕不掩瑜。

　　夏丏尊是我国 20 世纪二三十年代著名的翻译家之一,曾翻译出版过《国木田独步集》、田山花袋的代表作《棉被》等有影响力的作品。可以说他对翻译选题具有较高的敏感,眼光独特。关于《中国游记》的翻译动机,夏丏尊曾在《芥川龙之介氏的中国观》的译者题记中提到"果然,书中到处都是讥诮。但平心而论国内的实况,原是如此,人家并不曾妄加故意的夸张,即使作者在我眼前,我也无法为自国争辩,恨不能令国人个个都阅读一遍,把人家的观察做了明镜,看看自己究竟是什么一副尊容! 想到这层,就从原书中把我所认为要介绍的几节译出……"③由此可以看出,《中国游记》在夏丏尊心目中并不是一部单纯的游记,国人可以以此为镜,自省自查。同时从《芥川龙之介氏的中国观》这一译题可以看出,夏丏尊力图从《中国游记》中透视出芥川龙之介的中国观,这直接影响了他对《中国游记》的翻译,主要表现在以下两个方面。

　　第一,为了突出展现芥川龙之介的中国观,译者只把《中国游记》的

---

　　①　[日]芥川龍之介:《芥川龍之介全集》(第六卷),筑摩書房,1977,第 96 页。

　　②　[日]芥川龙之介:《芥川龙之介集》,鲁迅等译,开明书店,1927,第 189 页。

　　③　[日]芥川龙之介:《芥川龙之介氏的中国观》,夏丏尊译,《小说月报》1926年第 4 期。

主干译出，对作者认为不重要的章节以及散落在各个章节中的有关日本、西洋的描述和议论都省略不译。

第二，为了让国人以游记为镜，自省自查，译者并没有刻意回避《中国游记》中有关中国的负面描写。如《第一瞥》中关于车夫的议论："中国的车夫，即使说他就是龌龊自身，也绝不是夸张。"①《上海城内》关于老大中国的印象："换句话说，现在的所谓中国，已不是从前诗文中的中国，是在猥亵残酷贪欲的小说中所现着的中国了。"②《芜湖》中对现代中国的激烈批评："现代的中国有什么？ 政治、学问、经济、艺术，不是如数堕落着吗？ 尤其是艺术，从嘉庆道光以来，有一可以自豪的作品吗？ ……就是中国人，只要是心不昏的，对于中国，比之于我一介旅客，应该更熬不住憎恶吧。"③等等。《中国游记》中大部分有关中国的负面描写都在译本中有所保留。另外，由于译本只节译了原作三分之一的内容，所以使得文中有关中国的负面描写显得更加集中、突出。这也可能是引发中国文坛对芥川龙之介不满的一个诱因。

增田涉在《巴金的日本文学观》中曾提到 1931 年前后鲁迅关于芥川龙之介的一段谈话："芥川写的游记中讲了很多中国的坏话，在中国评价很不好。但那是翻译者的做法不当，本来是不应该急切地介绍那些东西的。我想让中国的青年再多读些芥川的作品，所以今后打算再译一些……"④1931 年以前《中国游记》只有夏丏尊的中译本，所以鲁迅所说的"翻译者"自然是指夏丏尊而言。"在中国评价很不好"自然是国人读了夏译本后所作出的反应。鲁迅这段话恰好从一个侧面反映出夏丏尊节译的《中国游记》在当时的影响力。

夏丏尊翻译《中国游记》的初衷是希望国人以《中国游记》为镜鉴，

---

① ［日］芥川龙之介：《芥川龙之介集》，鲁迅等译，开明书店，1927，第 142 页。
② ［日］芥川龙之介：《芥川龙之介集》，鲁迅等译，开明书店，1927，第 146 页。
③ ［日］芥川龙之介：《芥川龙之介集》，鲁迅等译，开明书店，1927，第 184 页。
④ 秦刚：《现代中国文坛对芥川龙之介的译介与接受》，《中国现代文学研究丛刊》2004 年第 2 期。

但是结果并没有如其所愿。在日本帝国主义妄图侵略中国的大背景下,《中国游记》中对中国的负面描写引发了中国文坛强烈的不满。韩侍桁、冯乃超、巴金等人先后撰文表达了对芥川龙之介的不满,这在秦刚的论文《现代中国文坛对芥川龙之介的译介与接受》中已有详细的论述,因此本书不再赘述。

二、20 世纪末至 21 世纪初《中国游记》在中国的译介与传播

由于历史原因以及《中国游记》本身的特点,1926 年以后的七十几年间,虽然国内陆续翻译出版过多种芥川龙之介的作品集,但是《中国游记》再也没有出现过复译本。直到 1998 年,中国世界语出版社出版了叶渭渠主编的《芥川龙之介作品集·散文卷》,其中收录了《江南游记》。该作品集由李正伦、李实和孙静三人合译,《江南游记》的具体译者不详。该书附有叶渭渠写的序《芥川文学——时代不安的象征》,对读者了解芥川龙之介的文学经历及创作特征大有裨益。或许由于成书仓促,《江南游记》的译者在某些地方对原文的理解不够准确,对原意的表达没有落实到位。如把“五六日前やはり村田君と、上海の郊外を歩いていたら、突然一頭の水牛に路を塞がれた事がある。私は動物園の柵内は知らず、目のあたりこんな怪物に遭遇した事は始めてだから、つい感心した拍子に、ほんの半歩ばかり退却した”①翻译成“五六天之前我和村田君漫步于上海郊外,突然一头水牛拦住去路。我还不知道我们身在动物园的栅栏之内,眼前碰到这种怪物还是第一次,刚感到高兴便不由得

---

① ［日］芥川龍之介:《芥川龍之介全集》(第六卷),筑摩書房,1977,第 39 頁。

后退了半步"①,把"私は料理を待ちながら、村田君には内証だったが、ひそかに無想庵氏を羨望した"②翻译成"我在等待上菜的时候,向村田君悄悄地表达了自己私下对无想庵氏的羡慕之情"③,等等。但是作为《江南游记》在中国的第一个全译本,具有一定的历史意义。而且译文中添加了一些注释,这一定程度上可以增加读者对游记的理解。

　　随着中日文化交流的日益频繁,国内对于日本文学作品的翻译也日渐活跃。2005 年 3 月,山东文艺出版社出版了高慧勤和魏大海主编的五卷本《芥川龙之介全集》,其中第三卷收录了陈生保翻译的《中国游记》,这是国内《中国游记》的第一个全译本,具有填补空白的历史意义。2006 年 1 月,北京出版社出版集团和北京十月文艺出版社出版了陈生保和张青平合译的《中国游记》,这是《中国游记》在国内的第一个单行本。从译文上来看,此单行本和收录在《芥川龙之介全集》中的《中国游记》译本相同,只是增加了若干注释和一篇导读。2007 年 1 月,中华书局出版了秦刚翻译的《中国游记》全译本,这是《中国游记》在中国的第一个复译本。短短三年间,《中国游记》就出现了三个全译本,这和中国文坛对《中国游记》的重新认识不无关系。陈生保和张青平合译的《中国游记》中,陈生保专门撰写了一篇《芥川龙之介〈中国游记〉导读》作为序言。在这篇导读中,译者除了介绍芥川龙之介其人和芥川龙之介访华的行程及游记的出版情况之外,还用大量篇幅分析了芥川龙之介访华的大背景,这些对读者理解《中国游记》是很有帮助的。同时,陈生保还辩证地对《中国游记》做出了评价。一方面,译者对这部游记基本上持肯定态度,认为此书"具有较高的历史价值""富于知识性、趣味性,可读性较强",认为"芥川是爱中国的,也是同情中国人民的处境的。特别

---

　　① ［日］芥川龙之介:《芥川龙之介作品集》(散文卷),叶渭渠主编,中国世界语出版社,1998,第 112 页。

　　② ［日］芥川龍之介:《芥川龍之介全集》(第六卷),筑摩書房,1977,第 50 页。

　　③ ［日］芥川龙之介:《芥川龙之介作品集》(散文卷),叶渭渠主编,中国世界语出版社,1998,第 127 页。

是他反对日本帝国主义对中国的侵略"。① 另一方面,认为游记中的某些议论留下了时代的烙印,应予以批判。如关于秦桧的议论、关于中国小说的议论,等等。可以说这是一篇高质量的导读,为译本增色不少。秦刚译本《中国游记》中同样有一篇很有见地的译者序,在序言《芥川龙之介的中国之行与〈中国游记〉》中,译者特别指出,经过译者调查发现,《上海游记》中《十八 李人杰氏》一文中所假托的"备忘录"是不存在的。当时日本政府正在对社会主义思潮进行镇压,芥川龙之介甘冒风险把与中国共产党的创始人之一李人杰的会面写成游记公开发表,这一举动本身就具有十分积极的意义。

就译本总体来看,陈译本和秦译本都是质量较高的全译本,都以标准的现代汉语译出,行文流畅,译文准确。而且两个译本不约而同地添加了大量的注释,如对金玉均、李瑞清、德富苏峰、拉·莫特等中外人名的简介,对日里、明星派、中国银团等专有名词的解释,这些对读者全面理解《中国游记》大有裨益。而且两个译本都进行了不同程度的勘误,指出了多处日文底本的错误。如陈译本在《上海游记》的《十 戏台(下)》的注释中指出,盖叫天演出的剧场名叫"共舞台"而非"亦舞台"。在《十八 李人杰》的注释中指出,与芥川龙之介见面时李人杰的年龄应该是31岁而非28岁,等等。秦译本在《十 戏台(下)》的注释中指出,经译者考证,游记中所记"绿牡丹(黄玉麟)"乃是"白牡丹(荀慧生)"之误。在《十五 南国美人》的注释中指出余洵的字应该是"縠名"而非"縠民",等等。这些勘误显示了译者严肃的翻译态度,还原了历史真相,避免了读者的误读。另外,陈译本中收录了16张原作中没有的老照片,给读者提供了直观的感受方式。尤其是书中收录了章炳麟的一幅半身照,照片中章炳麟的双眼大而有神,不免让人怀疑《十一 章炳麟》中所记"只有那双如线一般的细眼"是芥川龙之介的误记了。秦译本中收录了5张

----

① ［日］芥川龙之介:《中国游记》,陈生保、张青平译,北京十月文艺出版社,2006,第16页。

芥川龙之介在中国旅行时的照片，直接选自芥川龙之介的影集，在此之前都未曾公开过，可谓弥足珍贵。尤其是《九 西湖（四）》中收录的芥川龙之介在西湖楼外楼菜馆吃饭时的照片，生动地再现了芥川龙之介在楼外楼吃饭时偶遇一个五口之家的情景。此外，秦译本中还收录了1921 年 8 月 1 日在《日华公论》上刊登的一篇有关芥川龙之介的采访录《新艺术家眼中的中国印象》，文中芥川龙之介概述了自己访华时的中国印象，这对读者理解《中国游记》也是很有帮助的。

陈译本《中国游记》在《上海游记》中的《十一 章炳麟》一节里省略了章炳麟的一段议论："然而中国的国民从来是不走极端的，只要这个特性存在中国就不会被赤化。诚然，有一些学生欢迎并接受农工主义，但是，学生不等于国民。即使他们一度被赤化，也早晚会有放弃那些主张的时候。这样说是因为国民性所致。国民对于中庸的爱好，要远远比一时的冲动更加根深蒂固。"①这些话在现在看来确实不合时宜，但那是1921 年的言论，本身已成为历史，我们何不选择尊重历史？而且陈译本中并没有使用省略号，也没有相应的说明或注释，略显不够严谨。但是纵观整个译本，这只不过是白璧微瑕而已。

2006 年 12 月，湖北人民出版社和长江文艺出版社出版了《芥川龙之介中短篇小说集》，该小说集是作为"世界文学名著典藏"的一册出版的，卷首附有谭晶华撰写的《名家导读》，对芥川龙之介文学进行了深入的分析。《中国游记》作为附录一收录其中，译本采用的是 1927 年上海开明书店出版的《芥川龙之介集》中收录的夏丏尊的译文。

三、2010 年至今《中国游记》在中国的译介与传播

2010 年至今，《中国游记》出现了三个新的译本，分别是 2011 年 4

---

① ［日］芥川龙之介：《中国游记》，秦刚译，中华书局，2007，第 27 页。

月新世纪出版社出版的《中国游记》（陈豪译）、2018 年 1 月江苏凤凰文艺出版社出版的《爱情这东西》（黄悦生译）和 2018 年 1 月江苏文艺出版社出版的《中国游记》（施小炜译）。三个译本都附有大量注释，有助于读者理解文本。陈豪译的《中国游记》为插图本，收录多张手绘插图和老照片。黄悦生翻译的芥川龙之介作品集《爱情这东西》除了收录《中国游记》之外，还收入了《侏儒呓语》。另外，该书为插图本，收录了多幅老照片。施小炜是我国当代著名日本文学翻译家，翻译过村上春树、太宰治、川上弘美、堀辰雄等多位日本作家的作品。2018 年，江苏文艺出版社出版了"东瀛文人·印象中国"系列丛书，包括芥川龙之介的《中国游记》（施小炜译）、谷崎润一郎的《秦淮之夜》（徐静波译）、佐藤春夫的《南方纪行》（胡令远、叶海唐译）、村松梢风的《中国色彩》（徐静波译）和内藤湖南的《禹域鸿爪》（李振声译）。每一册的卷首都附有施小炜写的总序，对上述五位日本作家有简要的介绍。另外，《中国游记》的《译后记》对芥川龙之介 1921 年的访华经历及《中国游记》都有简明扼要的介绍，对读者理解《中国游记》有很好的帮助。

2019 年，上海社会科学院出版社出版了魏大海主编的《大川之水》，在读秀上有该作品集的简介："本书收录了芥川龙之介的重要散文和游记。本卷系芥川文集第三卷，收入了《大川之水》《文艺的，过于文艺的》《中国游记》等散文，由魏大海等五位译者合译完成，文笔典雅俏丽，精深洗练，较为忠实完整地反映了原著的内容。"①但是截至 2010 年 10 月，在国家图书馆、京东、当当、百度等网站都没有搜索到该作品集的具体信息。尚不清楚该作品集收录的《中国游记》是新的译本还是以前译文的再录，具体译者暂时不详。

另外，夏丏尊、秦刚、陈生保的《中国游记》的译文都在 2010 年以后被全文或节选出版。2014 年 5 月，海天出版社出版了魏大海选编的《芥川龙之介散文精选》，书中节选了秦刚翻译的《中国游记》中的《上海游

---

① 引自读秀图书检索。

记》和《北京日记抄》。2015 年 1 月，当代世界出版社出版的《芥川龙之介集》（附录国图典藏版本展示），2018 年 3 月天地出版社出版的《绝笔》，都是 1927 年上海开明书店出版的《芥川龙之介集》的再版，夏丏尊翻译的《中国游记》仍然作为附录一收录其中。2016 年 8 月，吴玄、李璐和钱益清三人合编的《钱塘江畔是谁家》由浙江文艺出版社出版，书中收录了芥川龙之介《江南游记》中关于西湖的前五节内容：《六 西湖（一）》《七 西湖（二）》《八 西湖（三）》《九 西湖（四）》《十 西湖（五）》。书中没有明确标注译者，经笔者比对，该译文与 2005 年 3 月山东文艺出版社出版的《芥川龙之介全集》第 3 卷中的《中国游记》相关译文一致，只是省略了原译者（陈生保）的注释。

在近现代日本人的中国游记中，芥川龙之介的《中国游记》是最重要的游记之一，从 1926 年首次被译介到中国以来，先后出现了两个节译本和六个全译本，在中国产生了较大的反响。《中国游记》具有较为重要的历史意义和文本欣赏价值，今后针对《中国游记》的研究必将不断深入下去。本书对迄今为止在国内出版的《中国游记》的各个译本进行了梳理分析，希望能对今后的《中国游记》研究有所裨益。

附录一：夏丏尊节译《中国游记》的具体章节：

《上海游记》（原文共有二十一节）中的《二 第一瞥（上）》的第一段、《六 城内（上）》的第四段的一部分、《七 城内（中）》的第一段和第三段、《八 城内（下）》的第一段和第二段、《九 戏台（上）》、《十 戏台（下）》、《十一 章炳麟氏》、《十三 郑孝胥氏》、《十五 南国美人（上）》、《十六 南国美人（中）》和《十七 南国美人（下）》。

《江南游记》（原文共有二十九节）中的《一 车中》的第一段、《二 车中（承前）》、《六 西湖（一）》的第四段和第五段、《七 西湖（二）》《八 西湖（三）》的第一段和第二段、《十一 西湖（六）》最后一段、《十四 苏州城内（中）》《十五 苏州城内（下）》《二十一 客栈和酒栈》《二十七 南京（上）》的开头部分。

《长江游记》（原文共有四节）中的《一 芜湖》。

《北京日记抄》(原文共有五节)中的《一 雍和宫》《二 辜鸿铭先生》
和《三 什刹海》。

附录二:《中国游记》在中国的译介一览,如表 3-1 所示。

表 3-1　《中国游记》在中国的译介一览①

序号	译者	初收	出版社	发表时间	再录	备注
1	夏丏尊	《小说月报》		1926 年 4 月开始连载	1.《芥川龙之介集》(上海开明书店,1927 年 12 月) 2.《芥川龙之介中短篇小说集》(湖北人民出版社;长江文艺出版社,2006 年 12 月) 3.《芥川龙之介集》(当代世界出版社,2015 年 1 月) 4.《绝笔:芥川龙之介短篇小说集》(天地出版社,2018 年 3 月)	节译。在《小说月报》上连载时的题名为《芥川龙之介氏的中国观》,再录时均以"中国游记"为题收于作品集的附录一
2	李正伦、李实、孙静	《芥川龙之介作品集(散文卷)》	中国世界语出版社	1998 年 8 月		节译了《中国游记》中的《江南游记》。该作品集由李正伦、李实和孙静三人合译,《江南游记》的具体译者不详

续表

序号	译者	初收	出版社	发表时间	再录	备注
3	陈生保	《芥川龙之介全集》（第 3 卷）	山东文艺出版社	2005 年 3 月	《钱塘江畔是谁家》（浙江文艺出版社，2016 年 8 月），节选了《江南游记》中的"六 西湖（一）""七 西湖（二）""八 西湖（三）""九 西湖（四）""十 西湖（五）"	
4	陈生保、张清平	《中国游记》	北京出版社出版集团、北京十月文艺出版社	2006 年 1 月		
5	秦刚	《中国游记》	中华书局	2007 年 1 月	《芥川龙之介散文精选》（海天出版社，2014 年 5 月），节选了《上海游记》和《北京日记抄》	译本《中国游记》中另附小说两篇：《南京的基督》和《湖南的扇子》
6	陈豪	《中国游记》	新世纪出版社	2011 年 4 月		
7	黄悦生	《爱情这东西》	江苏凤凰文艺出版社	2018 年 1 月		除了《中国游记》之外，另收入《侏儒呓语》
8	施小炜	《中国游记》	江苏文艺出版社	2018 年 1 月		
9		《大川之水》	上海社会科学院出版社	2019 年		译者不详

`第四章`

中岛敦中国题材作品研究

　　中岛敦是日本近代文学史上一颗璀璨的彗星,终年仅 33 岁。因为英年早逝,所以中岛敦的作品在数量上并不多,但是其留下的作品多是珠玉之作,《山月记》《弟子》《李陵》等代表作品脍炙人口,影响甚大,至今仍为人们所喜爱,中岛敦因此被誉为芥川龙之介的再生。本章拟主要研究中岛敦的名作《山月记》,并探讨《山月记》在我国的译介与研究情况。

第一节　中岛敦与李徵的交融
——《山月记》论

　　《山月记》是中岛敦的代表作之一,改编自我国唐朝李景亮的传奇小说《人虎传》,但主题与原作不同,曾入选冰上英光、西尾实等编写的战后高等学校教科书,读者众多,影响广泛。本节拟以《山月记》主人公李徵和中岛敦的对比分析为中心,揭示李徵和中岛敦的内在联系,并通过对故事主人公李徵的分析来透视作者中岛敦的内心世界。

一、李徵与中岛敦的交融

《山月记》讲述的是主人公李徵从人变为老虎的传奇故事。李徵才华横溢,很早就参加了科举考试并考取了功名,后来官至候补江南尉。但李徵性情狷介孤高,不愿与官场俗吏为伍,更愿意做个肆意心情并能流芳百世的诗人,于是在郁郁之中辞掉官职,致力于诗文创作,却又难得佳作,文名不扬。后来为了维持生计,他被迫再次成为官吏,但在官场总是快快不乐,狂狷的个性越来越难以抑制,终于在一次外出公干时,自卑的冲击和高度的压抑让他出现了狂疾,无法克制地走向了变虎的悲凉道路。这是他对人世的厌恶、对自己的厌恶的终途。

作者在《山月记》叙事上采取了独特的手法。作者以"李徵,陇西人士,博学俊才"①作为开篇,从李徵之外的第三者的角度来叙述故事,使其更具有客观性。但是,从"草丛里的声音这样说道"②之后,转到了故事主人公李徵自己的长篇告白。为了使读者能够只集中于李徵告白的内容上,作者把李徵的长篇诉说,特意隐掉了引号,使故事叙述者(中岛敦)不知不觉之中融合到了登场人物李徵的告白之中。因此,李徵这个人物形象从某种意义上来讲可以说是中岛敦的化身,中岛敦是在借助李徵之口诉说自己的苦恼。

故事的结局让人感到痛心和惋惜,而让李徵变为老虎的艺术处理却也是中岛敦一定程度上的自我印照。通过对中岛敦人生经历的研究可以发现,中岛敦与李徵有很多相似之处。中岛敦的父亲是中学的汉

---

① [日]中岛敦:《山月记》,韩冰、孙志勇译,中华书局,2013,第 1 页。
② [日]中岛敦:《山月记》,韩冰、孙志勇译,中华书局,2013,第 3 页。

文学教师,且中岛敦的祖父庆太郎是颇有名气的汉学家。家学渊源,让他自幼便打下了深厚的汉学基础。中岛敦从少年时代起就博学聪慧,才情颖异,小学期间曾获得优等奖,21 岁进入东京帝国大学国文科学习,24 岁从东京帝国大学毕业后,升入研究生院学习,开始致力于对森鸥外的研究。中岛敦一心想成为作家,后来一直致力于写作,应征过各种奖项,但屡投不中。从这一点来看,可以说李徵这一人物形象之中含有中岛敦的影子。

为了生计,中岛敦于 1933 年成为私立横滨高等女子学校的教师,教授日语和英语,因为哮喘病经常向学校请假,于 1941 年停职。然而,细细考量的话,治疗哮喘病不过是中岛敦停职的表面原因,想借机专心于文学创作或许才是他停职的深层次的原因吧。这与李徵辞官专心于诗文创作的行为有共同之处,无论是李徵还是中岛敦都是为了自己心目中的文学理想而离开了原来的工作。停职之后的中岛敦也面临着与李徵同样的问题。中岛敦虽然致力于小说创作,却一直没有优秀作品问世。再加上当时正处于第二次世界大战期间,拥有强烈正义感的中岛敦不愿写那些宣扬战争的作品,想要在文坛成名更是难上加难。1941 年,中岛敦通过朋友的介绍远赴巴拉望岛成为南洋厅的教师。李徵因为"懦弱的自尊心"以及"自大的羞耻心"①而最终化身为虎,可以说这种艺术化的处理是李徵从苦恼中解脱出来的一种方法。中岛敦远遁南洋、到巴拉望岛南洋厅任职,虽说是为了治疗哮喘和维持生计,而更为重要的原因或许是逃避不能成为作家的烦恼吧。

1941 年 6 月 28 日,中岛敦在离开日本的当天寄给父亲的书信之中,如此感叹说:"真是越想越觉得自己是一个很愚笨的人。不能像理想中那样好好利用这难得的一年时间,没有干劲,去从事一些不合适、无意义的工作,简直是疯狂的行为。实际上,似乎所有的一切都已经结束了。……恐怕我的灵魂也会徘徊于未能完成的书稿之间吧。真是所

---

① 　[日]中岛敦:《山月记》,韩冰、孙志勇译,中华书局,2013,第 7 页。

有的一切都很荒谬。"①结果中岛敦为了逃避内心苦恼而放弃了文学创作的一个绝好的机会。

二、从"欠缺"管窥李徵与中岛敦

《山月记》借主人公李徵之口,道出了常人不易察觉或察觉之后也不愿承认的人性的弱点:"懦弱的自尊心"和"自大的羞耻心"。《山月记》之中有这样一段话:"长短凡三十篇,格调高雅,意趣卓逸,无不令人一读之下,立刻想见作者非凡的才华。然而袁傪在叹赏之余蓦然感到:无疑,作者的资质的确是属于第一流的。可如果只是这些的话,距离第一流的作品,在某个地方(某个非常微妙的地方)似乎还欠缺了点什么……"②"欠缺"的到底是什么呢?这成为《山月记》留给读者的一个谜。笔者认为自我认识的不彻底性是产生"欠缺"的最重要的原因。作为人的时候,李徵有"懦弱的自尊心"和"自大的羞耻心","因为害怕自己并非明珠而不敢刻苦琢磨,又因为有几分相信自己是明珠,而不能与瓦砾碌碌为伍,遂逐渐远离世间,疏避人群,结果在内心不断地用愤懑和羞怒饲育着自己懦弱的自尊心"。③ 但是,其实李徵并没有认识到自己的缺点(李徵彻底进行自我分析、自我认识是在化身为虎,向曾经的老友进行自我告白之时),因此产生了自我认识的不彻底性(欠缺)。此外,李徵请求老友袁傪保护和照顾自己的妻儿也是在请求其代为传播自己的诗作以及即兴吟诗之后。"比起濒临饥寒的妻儿,却更关心自己微不足道的诗业"④,这也是"欠缺"产生的原因之一。请求袁傪

---

① ［日］勝又浩:《中島敦の遍歴》,筑摩書房,2004,第83頁。
② ［日］中岛敦:《山月记》,韩冰、孙志勇译,中华书局,2013,第6页。
③ ［日］中岛敦:《山月记》,韩冰、孙志勇译,中华书局,2013,第7页。
④ ［日］中岛敦:《山月记》,韩冰、孙志勇译,中华书局,2013,第9页。

"君从南地归来的时候,可否转告她们我已经死去了呢? 唯有今日之事,万万不可提起"①。李徵如果是真的爱妻儿的话,就会明告他们,与家人同舟共济。缺乏信任对方、与对方共享幸福、共同承担痛苦这一爱的方式,这也是李徵"欠缺"产生的原因之一吧。

中岛敦也有如同李徵一样的"欠缺"("自大的羞耻心"与"懦弱的自尊心")。中岛敦受到祖父和父亲的熏陶开始学习汉儒学,天分加上勤勉,中岛敦度过了辉煌的学生时代。因此,中岛敦拥有"自大"与"自尊心"。但是,父母在中岛敦出生 10 个月后离婚,翌年,母亲因为结核病去世,大正十三年(1924)他的第一任继母过世,昭和十一年(1936)他的第二任继母过世,中岛敦几乎没有得到过母爱的关怀。或许是此原因吧,中岛敦不擅长与人交往(或者可以说厌恶),给人一种孤高的感觉。此外,虽然他想成为作家,却一直没有优秀作品问世。并且,中岛敦因为有哮喘病,体质很虚弱,因为怀疑自己的才能与体质,从而产生了"羞耻心",变得"懦弱"。《山月记》中李徵"我虽然想凭借诗作成名,然而并没有进而求师访友,相与切磋琢磨;可另一方面,我又以跻身俗物之间为不洁"②。中岛敦与李徵一样,很少将自己的作品给朋友甚至妻子看,《山月记》是给妻子看的唯一一部作品。中岛敦的妻子曾说,她看了《山月记》之后,发现了中岛敦近乎"自大的羞耻心"与"怯懦的自尊心",感到非常痛心。据说中岛敦赴南洋厅任职之前,将包括《山月记》在内的若干短篇作品托付与亲友时,曾经说过看过之后可以付之一炬这样的话。李徵和中岛敦都有禁锢于自己封闭的世界的倾向,这也是他们两个走向悲剧人生的原因之一吧。

《山月记》是中岛敦的成名作,如上所述,李徵与中岛敦有很多相似之处。李徵可以看作是中岛敦的化身,而《山月记》在一定程度上可以看作是中岛敦的自传性作品。《山月记》是以中国的传奇小说《人虎传》

---

① ［日］中岛敦:《山月记》,韩冰、孙志勇译,中华书局,2013,第 9 页。
② ［日］中岛敦:《山月记》,韩冰、孙志勇译,中华书局,2013,第 7 页。

为基础创作的作品,但是与作为传奇文学的《人虎传》不同,体现了知识分子的苦恼,揭示了人类的通病("自大的羞耻心"与"懦弱的自尊心"),内涵丰富,意义深刻。

第二节 《山月记》在中国的译介与研究

《山月记》取材自中国唐代李景亮所作的传奇小说《人虎传》,作者借用了"人变虎"的故事框架,但是舍弃了"因果报应"的说教,在荒诞的故事中讲述着近代知识分子的精神苦闷。《山月记》历来是日本高中教材的必收篇目,无论从文学价值还是社会影响来看,都堪称日本近代文学史上的名著。《山月记》发表于1942年2月,1943年就被译介到了中国。截至2020年10月,《山月记》在中国的译本已多达20余种,而且有关《山月记》的研究性论文也呈逐年增加的趋势。理清《山月记》在中国译介与研究的脉络,对今后《山月记》的研究将有一定的促进作用。

一、20世纪40年代《山月记》在中国的译介与研究

《山月记》发表于1942年2月,中岛敦于同年12月病逝。1943年10月出版的《风雨谈》(第六期)中,收录了卢锡熹翻译的《山月记》,这是《山月记》在中国的首译本,具有开创意义。中岛敦是一位不幸的作家,生前文名不扬,去世后才逐渐得到人们的赏识和喜爱。考虑到当时交通尚不发达,能在中岛敦去世不足十个月就将《山月记》译介到中国,翻译可谓迅速,同时也显示了译者独到的译介选择视角。《风雨谈》杂志1943年4月创刊于上海,1945年8月停刊,柳雨生任主编同时兼撰稿人。《风雨谈》是上海沦陷时期的一份敌伪杂志,刊发的文章大多远离

政治，为日伪机关粉饰太平，主编柳雨生更被人视为"文化汉奸"。《山月记》能在《风雨谈》上译介发表，大概与它的志怪传奇色彩和"脱政治性"有关系。抛开《风雨谈》的政治倾向不谈，杂志在当时的中国还是很有影响力的。陈青生在《抗战时期的日本文学》中曾提到，《风雨谈》是"当时上海乃至整个沦陷区最引人注目的大型文学期刊之一"①。《风雨谈》的影响力也为《山月记》乃至中岛敦的其他作品在中国的传播奠定了基础。

　　1944 年 8 月，太平出版印刷公司出版了中岛敦的小说集《李陵》，由卢锡熹翻译。书中除收录了《李陵》《子路》《斗南先生》之外，还收录了《今古奇谭》，其中包括《山月记》《狐仙》《文字祸》和《木乃伊》四个短篇。另外还收录了深田久弥的《故中岛敦》（卢锡熹翻译）和中岛田人写的《中岛敦年谱》（系后来补录的，笔者注）。小说集《李陵》是中岛敦在中国出版的第一个单行本，具有重要的历史意义。译者在当年 7 月 9 日写的译者序中提到"他底作品，我还是第一次读到。……关于他底历史，我不清楚，曾托人去找年谱，但到现在还未找到"，并致歉说"动手翻译之后，为了俗务繁忙，时译时辍，同时固为想极力保持原作优美的风格，不敢草率，遇到与历史有关的地方，都一一加以查考，所以进行很慢……"②由译者序可知，卢锡熹本人对中岛敦其人及其作品都不甚了解，那么译者的翻译动机就值得玩味了。关于翻译的动机，译者序中提到一点："朋友们怂恿我翻译中岛敦的作品。"③日本著名诗人草野心平就是这些"朋友们"中最关键的一个。1940 年 7 月，草野心平受岭南大学（现在的中山大学）的同窗、时任汪伪政府宣传部部长的林柏生邀请，出任宣传部顾问。1941 年底，草野心平遇到了太平出版印刷公司的经营者名取洋之助，并受其邀请兼任太平出版印刷公司的顾问。小

---

①　陈青生：《抗战时期的日本文学》，上海人民出版社，1995，第 369 页。

②　[日]中岛敦：《李陵》，卢锡熹译，太平出版印刷公司，1944，第 1-2 页。

③　[日]中岛敦：《李陵》，卢锡熹译，太平出版印刷公司，1944，第 1 页。

说集《李陵》的翻译出版最初就是草野心平提议的。当然,卢锡熹提到的"朋友们"还应该包括其他一些人。中岛敦的作品(如《李陵》《子路》等)和中国关联极深,又多奇谭(如《狐仙》《木乃伊》等),所以应该很受一般读者的欢迎。1943 年 10 月出版的《风雨谈》中收录了卢锡熹翻译的《山月记》,很有可能当时在上海乃至更广的范围内获得了好评,朋友们才怂恿卢锡熹翻译中岛敦的作品。况且《李陵》的出版社太平出版印刷公司原本是日军驻上海报道部管理下的一个出版公司,1941 年交由名取洋之助经营,因此和日伪关系紧密。正因为太平出版印刷公司拥有这样的背景,所以大概也乐于出版远离政治、又受群众欢迎的小说,因此各方一拍即合。可以说,《山月记》及中岛敦其他的作品能在中国得以译介出版,既和作品本身的内容有关,又和当时沦陷区的特殊时代背景有关。

小说集《李陵》和杂志《风雨谈》中收录的《山月记》属同一个译本,本节以小说集《李陵》为底本对《山月记》的译本进行了初步的考察。关于译者卢锡熹,由于条件所限,笔者没有找到更多的资料。但是有一点是肯定的,卢锡熹应该兼具中日两国文学素养。从译本来看,译者对原著有较深的理解,译文采用直译的笔法,表达契合原文,行文流畅。也许是排版的错误或者译者的疏忽,《山月记》的主人公"李徵"[①]误写成了"李澂",而"澂"是"澄"的异体字,与"徵"并非同一个字。但是从整体来看,这不过是白璧微瑕,对卢译本的历史价值丝毫无损。

二、20 世纪 80 年代《山月记》在中国的译介与研究

由于历史的原因,卢锡熹译介《山月记》以后,一直到 20 世纪 80 年代中期,四十几年间再也没出现过《山月记》的复译本,也没有相关的研

---

① [日]中岛敦:《李陵》,卢锡熹译,太平出版印刷公司,1944,第 119 页。

究论文发表。一直到 1985 年,《日本文学》杂志(季刊)在当年的第二期上刊登了孙大寿翻译的《山月记》,这是《山月记》在中国的第一个复译本,具有承上启下的历史意义。从总体来看,孙译本忠实于原著,译文典雅流畅,显示了译者较高的文学素养。后来出版的《世界短篇小说精品文库·日本卷》和《日本短篇小说经典》都选用了这个译本,可以说是众多《山月记》中文译本中影响较大的一个译本。

更为难得的是,译文之后还收录了学者兼翻译家赵乐甡先生撰写的一篇评论《不成长啸但成嗥——中岛敦的〈山月记〉读后》。作者指出了《山月记》对中国传奇小说《人虎传》改编的特点,同时从多角度分析了《山月记》中"人变虎"的原因,并且论证了"人变虎"也是日本社会的产物,"每当这嗥声响在你耳边的时候,就是作者向你提供了一件法西斯戕害'人性'、逼人为虎的有力罪证"①。同时,评论中提到"今天读他的这篇作品(指《山月记》,笔者注),对这位不幸早逝的作家,在法西斯的诱饵和屠刀下所表现的坚持正义立场的骨气,不禁产生敬佩之意"②,这也可能是时隔四十几年之后再次译介《山月记》的一个重要原因吧。通篇看来,虽然带有一些时代的烙印,但是作者视角独到、鞭辟入里,作为国内第一篇系统评论《山月记》的论文,具有较高的学术价值及重要的历史意义。

时隔几个月,《日语学习与研究》(双月刊)在当年的第六期上又刊登了田忠魁译注的《山月记》。这个译本与孙大寿的译本不同,采用了日汉对译的方式,并且对较难读的单词都标注了假名发音,同时对小说中出现的重要词汇和语法都进行了详细的解释。这种译注方式对普通日语学习者来说大有裨益,也很符合《日语学习与研究》的办刊初衷。

---

① 赵乐甡:《不成长啸但成嗥——中岛敦的〈山月记〉读后》,《日本文学》1985年第 3 期。

② 赵乐甡:《不成长啸但成嗥——中岛敦的〈山月记〉读后》,《日本文学》1985年第 3 期。

从译文来看,译者采用了较口语化的翻译方式,虽然在文学性上有所欠缺,但是对一般读者来说反倒更容易理解。另外,在译文前面译者还添加了一小段"作者和作品简介",其中对《山月记》的分析显示了译者对作品的深刻理解:"作者按照自己的性格特点和思想意识成功地塑造了主人公李徵——一个内心充满无法解脱的矛盾的年轻知识分子。在主人公遭到'孤傲'的恶评中有作者的隐衷:主人公的不善交游也正是作者的自我写照;而主人公对蜚声文坛的执着也同样是作者的悲愿。"①

1985 年,我国台湾地区星光出版社出版了郑秀美翻译的中岛敦小说集《山月记》,1998 年由星光出版社再版发行。笔者所见是 1998 年再版的这个版本,书中收录了《山月记》《名人传》《弟子》和《李陵》四篇小说,同时书后还附有濑治茂树的解说(郑秀美译)和中岛敦的年谱。该书是中岛敦在中国出版的第二个单行本,同时也是台湾地区出版的第一部中岛敦的作品集,显示出台湾学界和出版社对中岛敦的重视。书中《山月记》的译文较为口语化,行文也比较流畅。

1986 年,《兰州大学学报(社会科学版)》第 4 期刊发了郭来舜的论文《三"记"的比较研究》,该文对比分析了卡夫卡的《变形记》、中岛敦的《山月记》和井上靖的《狼灾记》,这是国内第一篇把三篇变形作品放在一起进行比较的论文,显示了作者独到的眼光。除此之外,整个 20 世纪 80 年代再也没有关于《山月记》的译介研究问世了。10 年间只出现了 3 个《山月记》的复译本和两篇研究性的论文,总体来看《山月记》的译介依然处于较为沉寂的状态。

三、20 世纪 90 年代《山月记》在中国的译介与研究

20 世纪 90 年代,随着中日文化交流的增加以及国内日本文学研

---

① [日]中岛敦:《山月记》,田忠魁译,《日语学习与研究》1985 年第 6 期。

究的兴盛,《山月记》在我国的译介与研究有了复苏的迹象。1990 年,天津师范大学的王晓平先生出版了专著《佛典·志怪·物语》,该书的最后一章"日本近代作家对志怪传奇的新视角"中,简要论述了《山月记》的主人公李徵和原典中的主人公具有不同的心理需求结构。此为 90 年代《山月记》研究的先声,打破了长期以来的沉寂局面。1991 年,辽宁大学的马兴国在《日本研究》(第三期)上发表了《唐传奇小说与日本近代文学》,文中概括地介绍了中岛敦的生平以及《山月记》的梗概,总体来看缺乏深入的论述。但是在论文结尾处,作者提到中岛敦曾经写下 30 多首汉诗,其中有不少诗正好印证了《山月记》的主人公"李徵"是中岛敦自己的化身,比如"曾嗟文章拂地空,旧时年少志望隆。文誉未飏身疲病,十有余年一梦中"。这是国内学者第一次从中岛敦的汉诗入手研究《山月记》,对后来的研究具有一定的启发作用。该论文于 1993 年被收录到了马兴国的专著《中国古典小说与日本文学》之中。

　　1994 年,日本学者德田进在《外国问题研究》(第 1 期)上发表了论文《〈山月记〉的比较文学新考察》(孟庆枢译)。论文的一个亮点是加入了日英比较文学的考察,对比分析了中岛敦的《山月记》和斯蒂文生的《化身博士》,拓展了《山月记》研究的思路。同年,高晓华在《外语与外语教学》第 2 期上发表了《从〈人虎传〉到〈山月记〉》,重点分析了《人虎传》和《山月记》在主题和故事情节方面的不同,同时分析了《人虎传》和《山月记》不同的艺术特色。

　　1995 年,孟庆枢发表了长篇论文《中岛敦与中国文学》。论文重点论述了《山月记》《名人传》《弟子》《李陵》等取材自中国古代典籍的小说,可以说是国内第一篇全面、系统论述中岛敦与中国文学关系的论文。1998 年,孟庆枢又在《日本学刊》(第 2 期)上发表了题为《重新寻找坐标——面向 21 世纪日本文化热点问题研究的几点思考》的论文。文章中提到"有人大概因为《山月记》里写的是人变成虎而又去吃人(实际上中岛敦笔下写的是吃兔子),而认为这是法西斯主义对人戕害的结果。我觉得这是没有读中岛敦全部作品的臆断"①。并引用德田进的观点说明《山月记》反映的是知识分子苦恼的内心世界。这似乎反映了作者对我国 20 世纪 80 年代《山月记》研究的一种反思。此外,1999 年,王新新在《吉林大学社会科学学报》(第 3 期)上发表了《中岛敦与日本战时文学"艺术抵抗派"》,该文也简单地提及了《山月记》,但是止于介绍,缺乏深入的理论探讨。

1992 年 7 月,我国台湾地区自立晚报社文化出版部出版了姚巧梅翻译的《大师小品:日本短篇精典》,收录了森鸥外、夏目漱石、大江健三郎等 20 位日本著名近现代作家的处女作或代表作,其中包括中岛敦的《山月记》。译文前附有作家简介,对小说《山月记》也进行了简要的评述:"《山月记》改编自我国唐朝李景亮的《人虎传》,但主题与原作不同,老虎的号哭,其实是作家自身精神的象征。作家在时空隔绝尘封了的故事里,找到心灵生息之所,同时,陈述了其终生对存在意义的思考。"②此外,1996 年 8 月,海峡文艺出版社出版了柳鸣九主编的《世界短篇小说精品文库·日本卷》,书中收录了孙大寿翻译的《山月记》,并附有简略的"作家作品简介"。

我国在 10 年间只出版了一个《山月记》的复译本,发表了寥寥几篇相关的研究论文,虽然数量和质量上都有所提高,但是从整体来看,《山月记》的译介和研究只见星火之兆,未成燎原之势,这种情况直到 21 世纪初才有所改观。

---

① 孟庆枢:《重新寻找坐标——面向 21 世纪日本文化热点问题研究的几点思考》,《日本学刊》1998 年第 2 期。

② [日]森鸥外,等:《大师小品:日本短篇精典》,姚巧梅译,自立晚报社文化出版部,1992,第 177 页。

四、21 世纪初期《山月记》在中国的译介与研究

　　时间跨入 21 世纪,《山月记》在我国的译介与研究逐渐呈现出繁荣的景象。在《山月记》的翻译方面,截至 2020 年 10 月,新译本多达 10 余种。2001 年 3 月,内蒙古少年儿童出版社出版了冯国超主编的《日本短篇小说经典上·中·下》,其中收录了中岛敦的名作《山月记》。笔者经过仔细比对发现,虽然书中没有明确指出译文的来源,但是该书所收的译本与孙大寿的译本除个别词句略有差异外,译文大体相同。2007 年 6 月,中国科学技术大学出版社出版了王述坤译著的《日本近现代文学名家名作集萃》。该书作者曾经在东京的中文报纸《时报周刊》上连载《日本近代文学名著梗概选登》等文章,此书就是在这个基础上整理出版的。书中所收的小说译本包括《山月记》在内都是缩译。因为《山月记》本身就是短篇小说,所以作者并没有大规模缩译,在一定程度上保持了作品的原貌,译文也比较流畅。在译文之前,作者以"文坛荒芜时代的高格调作家中岛敦"为题,写了一篇关于中岛敦及其作品的简介,多是常识性的介绍文字,此处不再赘述。同年 11 月,外语教学与研究出版社出版了阎萍编译的《日本文学翻译读本》,从书名即可知道,该书是讲解翻译的一本教材,其中收录了作者的几篇小说翻译习作,《山月记》是其中的一篇。其优点是译文前面附有日文原文,极大地方便了日语学习者。1985 年出版的《日语学习与研究》早已绝版,这是现今市面上能够看到的为数不多的《山月记》的日汉对译全译本。2009 年 1 月,中国宇航出版社出版了刘德润编著的《一生必读的日文名篇佳作》。该书收录了《山月记》的节译本,译文只选取了《山月记》主人公对月咆哮的两个场景,小说的精华可见,但是令人难窥全貌。译文之后附有中岛敦及《山月记》的简介,文中指出:"作者通过这篇故事反映出 20 世纪 40 年代日本知识分子绝望的自我意识。看似荒诞,却表现了存在的不

合理与不安,有很深的寓意包含其中。也表现了作者憎恶现代文明的精神枷锁,自己在艺术追求道路上的苦闷。"①寥寥数语,使读者对《山月记》有了更深刻的理解。

2010 年之后,《山月记》在我国的译介更加繁荣,新译本不断涌现。2011 年 6 月,上海外语教育出版社出版了谭晶华主编、张敏生注译的《中岛敦作品选》,其中收录了《山月记》。该书收录了《山月记》全部的日文原文,但是只节译了其中的两段。序言中有关于中岛敦及其作品的简介,对于一般读者了解中岛敦文学的概貌有所帮助。另外,随书附带有日文的 MP3 录音,使读者又多了一条欣赏中岛敦作品的途径。2013 年 5 月,中华书局出版了韩冰、孙志勇翻译的中岛敦小说集《山月记》(2018 年由中华书局再版发行),共收中岛敦小说 9 篇,除《山月记》之外,另收入《牛人》《高人传》《盈虚》《夫妇》《狐凭》《弟子》《李陵》和《光风梦》。书末附有韩冰写的《风光霁月的中岛敦小说世界》,对中岛敦生平及文学进行了简述。2013 年 9 月,凤凰出版传媒股份有限公司、江苏文艺出版社出版了世界名家经典短篇小说集《喀布尔人:撑蒿漫溯蓝色的生命之际》,收录了黄悦生翻译的《山月记》。除了中岛敦,黄悦生还翻译过清少纳言、陈舜臣、芥川龙之介等日本作家的作品。2017 年 1 月,中国宇航出版社出版了《每天读一点日文:日语晨读美文》,书中收录了由祝然节译的《山月记》片段。该书是日汉对照听读版,不仅附带音频,而且日语汉字均注有假名,对重点单词和语法也有简要讲解,适合日语初学者学习。

2018 年在《七彩语文》国际版的第 1 期刊登了《山月记》的缩译版,译者不详。同年,在《传奇故事(破茧成蝶)》第 8 期刊登了《山月记》的节译片段,译者不详。2018 年 7 月,我国台湾红通通文化出版社出版了《新译中岛敦:命运的开端》,由陈冠贵翻译,书中收录了《山月记》。由

---

① 刘德润、刘淙淙:《一生必读的日文名篇佳作》,中国宇航出版社,2009,第 169 页。

于条件所限,笔者暂时未能得见此书,具体情况不详。2018 年 12 月,杨晓钟等人翻译的中岛敦小说集《山月记》由陕西新华出版传媒集团、陕西人民出版社出版发行。该小说集收入中岛敦的 7 篇小说,依次是《名人传》《山月记》《李陵》《弟子》《光风梦》《悟净出世》和《悟净叹异》。该小说集的译者包括杨晓钟在内共计 9 人,《山月记》的具体译者不详。2019 年 2 月,陕西新华出版传媒集团、三秦出版社出版了徐建雄翻译的中岛敦作品集《山月记》,共收入中岛敦小说 10 篇,除《山月记》之外,另收入《名人传》《悟净出世》《悟净叹异》《牛人》《盈虚》《弟子》《李陵》《夫妇》和《光风梦》。此外,另收入中岛敦创作的汉诗 6 首,书末附中岛敦简介。徐建雄被誉为“质检派”译者,曾经翻译过夏目漱石、太宰治、川端康成等日本作家的作品。

　　2019 年,《时代人物(新教育家)》第 7 期刊登了《山月记》的节译片段,译者不详。2019 年 7 月,陕西师范大学出版总社出版了陆求实翻译的中岛敦小说集《山月记》,共收入中岛敦小说 10 篇,依次为《山月记》《李陵》《弟子》《名人传》《悟净出世》《悟净叹异》《鬼魅附身》《木乃伊》《文字祸》和《光风梦》。卷首附译者序,对中岛敦及其文学有简要的介绍。译者陆求实是中国翻译协会专家会员,翻译过夏目漱石、井上靖、渡边淳一、太宰治、谷崎润一郎等多位日本作家的作品,曾荣获日本野间文艺翻译奖。2019 年 11 月江苏凤凰文艺出版社出版了代珂翻译的中岛敦作品集《山月记》,共收入中岛敦小说 9 篇,包括《山月记》《弟子》《李陵》《名人传》《盈虚》《牛人》《悟净出世》《悟净叹异》和《妖氛录》。此外,还收录了中岛敦创作的汉诗 25 首。译者代珂任教于日本东京都立大学,曾翻译过三岛由纪夫、东野圭吾、伊坂幸太郎等多位日本作家的作品。书末附译后记《“汉学”、文体和中岛敦》,对中岛敦的汉文体进行了剖析。该书有别于其他译本的亮点之一,是邀请了中岛敦的长子中岛桓为译本写了序,记述了中岛敦创作和歌的逸事,为读者了解中岛敦及其文学打开了一扇新的窗户。

　　2020 年 5 月,江苏凤凰文艺出版社出版了自由译者李默默翻译的中岛敦小说集《山月记》，共收入中岛敦小说 12 篇，包括《李陵》《山月记》《高人传》《弟子》《牛人》《盈虚》《悟净出世》《悟净叹异》《文字祸》《附灵》《木乃伊》和《光风梦》。该书有别于其他译本的亮点之一，是书末附有《中岛敦年谱》，简明扼要，对读者了解中岛敦及其文学大有裨益。

21 世纪初的 20 年间，我国有关《山月记》的研究取得了丰硕的成果。据初步统计，各种刊物上共发表以《山月记》为直接研究对象的论文 52 篇，这表明《山月记》的研究已经引起了学界的重视。2000 年，天津人民出版社出版了孙莲贵主编的《日本近代文学作品评述》，其中收录了孙树林写的《相生相克人虎间——中岛敦〈山月记〉主题管窥》，可以说是 21 世纪初有关《山月记》的第一篇论文。该论文依然沿用的是《山月记》与《人虎传》对比的模式，在研究方法上没有太大的突破。另外，《人虎山月间——中岛敦及其〈山月记〉解读》(《绍兴文理学院学报》2002 年第 6 期)、《与〈人虎传〉的对比中看〈山月记〉》(《河南教育学院学报》2004 年第 4 期)、《从〈人虎传〉到〈山月记〉——浅谈中岛敦的创作思想》(《边疆经济与文化》2010 年第 3 期)、《〈山月记〉与〈人虎传〉的不同点赏析》(《名作欣赏》2015 年第 27 期)等论文，都没有跳出《山月记》与《人虎传》对比研究的窠臼，缺乏新意。

另外，经在中国知网上检索，21 世纪初(截至 2020 年)共计发表了 18 篇有关《山月记》的硕士论文，虽然有些论文不是以《山月记》为专门的研究对象，但是论文中都有相关章节对《山月记》进行了论述。这 18 篇论文分别是：马雪英的《中岛敦改编小说与原著研究——以〈山月记〉和〈李陵〉为中心》(对外经济贸易大学，2007 年)、高静的《人对于命运的思考与反抗——中岛敦作品的主题探微》(东北师范大学，2007 年)、郭玲玲的《关于中岛文学——以人物形象分析为中心》(山东大学，2007 年)、郭学妮的《日本文学中的"变形小说"及其外来影响研究》(陕西师范大学，2009 年)、庆奇昊的《论中岛敦文学中的"不安意识"——以〈山月记〉和〈李陵〉为中心》(西北大学，2010 年)、张博学的《中岛敦小说的人物特征——以取材于中国古典文学的四篇作品为中心》(外交学院，2010

年）、井琪的《论中岛敦小说中命运意识的转变和推移——以〈山月记〉〈名人传〉〈李陵〉为中心》（西北大学，2011 年）、张谐的《关于〈山月记〉的"欠缺"问题——以中岛敦的狼疾为中心》（苏州大学，2011 年）、陈邝娜的《〈山月记〉与〈狼灾记〉中变形的比较研究》（湖南大学，2012 年）、冯志的《中岛敦作品中有关中国形象之研究——以〈山月记〉〈名人传〉等作品为中心》（东华大学，2013 年）、柏青的《日本近现代文学中的变身物语——以动物变身为中心》（同济大学，2013 年）、陈博君的《从中国道家思想看中岛敦文学作品中的人物形象——以〈山月记〉和〈名人传〉为中心》（上海交通大学，2014 年）、温舒的《互文性视角下〈山月记〉的翻译研究》（吉林大学，2015 年）、胡蝶的《中岛敦——〈山月记〉题名之研究》（贵州大学，2016 年）、沈锦端的《〈山月记〉的中文译本研究——以李徵的存在状态相关的表现为对象》（厦门大学，2017 年）、鲍卉的《中岛敦文学作品的宿命论——以〈山月记〉〈李陵〉〈牛人〉为中心》（西北大学，2018 年）、纪岚馨的《中岛敦版和森见登美彦版〈山月记〉的比较研究》（西北大学，2019 年）、刘吉隆的《翻案作品翻译过程中的互文性再现——以〈山月记〉〈李陵〉为例》（北京第二外国语学院，2019 年）。

　　在 21 世纪初，最引人注目的中岛敦文学的研究者当推李俄宪和郭勇。两位学者都是长期从事中岛敦文学研究，发表过多篇相关论文，并均有专著问世。2004 年，李俄宪在《国外文学》（第 3 期）上发表了论文《李陵和李徵的变形：关于中岛敦文学的特质问题》，文章通过对比《山月记》的主人公李徵和《李陵》的主人公李陵，分析了二者的悲剧性以及悲剧形成的历史文化原因。"这篇论文的最大的亮点当是对陇西李氏谱系的考证，认为无论李徵还是李陵都是源自陇西李氏，有着那个望族的高傲、自尊的个性，这在作者看来这样的个性恰好就成了他们身陷囹圄的重要原因。"①同年，郭勇在《外国文学研究》（第 5 期）上发表了《自我解体的悲歌——中岛敦〈山月记〉论》。作者跳出了《山月记》与《人虎

①　郭勇：《中岛敦文学的比较研究》，北京大学出版社，2011，第 28 页。

传》对比研究的窠臼,从自我和他者的关系入手,对《山月记》进行了细致的分析,指出了中岛敦自我解体的悲剧及其产生的原因。2011年,北京大学出版社出版了郭勇的专著《中岛敦文学的比较研究》,把中岛敦及其作品放入"多元文化语境"中进行解读,深入浅出地向读者阐述了中岛敦文学的奥义。该书的出版可以说标志着我国的中岛敦研究步入了一个新的时代。该书第三章第一节"《古谭》的世界"中有关于《山月记》的论述,但是作者并非单独论述《山月记》,而是将其与《文字祸》《狐凭》和《木乃伊》当作一个整体,透过这四部小说组成的"古谭的世界"来透视中岛敦怀疑主义的文字观和历史观。

截至2020年,中岛敦的《山月记》发表已经有78年了,如今已经成为日本近代文学史上不朽的名著。无论国内国外,对于任何中岛敦的研究者来说,《山月记》都是重要的研究对象。可以说《山月记》是解读中岛敦及其作品的一把钥匙。从卢锡熹译介《山月记》开始,我国的研究者也已经走过了77年的历程,中间虽然因为历史原因有所间断,但是我们有理由相信《山月记》及中岛敦文学的译介与研究将会日益繁荣。总结《山月记》译介与研究的历史,正是想以史为鉴,促进新时期中岛敦文学的深入研究。

《山月记》在中国的译介情况,见表4-1。

表4-1 《山月记》在中国译介一览①

序号	译者	初收	出版社	发表时间	再录	备注
1	卢锡熹	《风雨谈》1943年第6期		1943年10月	《李陵》(太平出版印刷公司,1944年8月)	

---

① 由于条件所限,本表重点总结了《山月记》在中国大陆地区的译介情况,不包括我国港澳地区,我国台湾地区略有涉及。

序号	译者	初收	出版社	发表时间	再录	备注
2	孙大寿	《日本文学》1985 年第 2 期		1985 年	1.《世界短篇小说精品文库·日本卷》(海峡文艺出版社,1996 年) 2.《日本短篇小说经典上·中·下》(内蒙古少年儿童出版社,2001 年)	
3	田忠魁	《日语学习与研究》1985 年第 6 期		1985 年		日汉对照
4	郑秀美	《山月记》	星光出版社	1985 年		1998 年小说集《山月记》由星光出版社再版发行
5	姚巧梅	《大师小品:日本短篇精典》	自立晚报社文化出版部	1992 年7 月		
6	王述坤	《日本近现代文学名家名作集萃》	中国科学技术大学出版社	2007 年6 月		缩译
7	阎萍	《日本文学翻译读本》	外语教学与研究出版社	2007 年11 月		日汉对照
8	刘德润	《一生必读的日文名篇佳作》	中国宇航出版社	2009 年1 月		节译、日汉对照

续表

序号	译者	初收	出版社	发表时间	再录	备注
9	张敏生	《中岛敦作品选》	上海外语教育出版社	2011年6月		节译、日汉对照
10	韩冰、孙志勇	《山月记》	中华书局	2013年5月		2018年小说集《山月记》由中华书局再版发行
11	黄悦生	《喀布尔人 撑蒿漫溯蓝色的生命之际》	凤凰出版传媒股份有限公司、江苏文艺出版社	2013年9月		
12	祝然	《每天读一点日文：日语晨读美文》	中国宇航出版社	2017年1月		节译、日汉对照
13		《七彩语文》国际版2018年第1期		2018年		缩译，译者未详
14		《传奇故事（破茧成蝶）》2018年第8期		2018年		节译，译者未详
15	陈冠贵	《新译中岛敦：命运的开端》	红通通文化出版社	2018年7月		
16	杨晓钟等	《山月记》	陕西新华出版传媒集团、陕西人民出版社	2018年12月		

序号	译者	初收	出版社	发表时间	再录	备注
17	徐建雄	《山月记》	陕西新华出版传媒集团、三秦出版社	2018 年12 月		
18		《时代人物（新教育家）》2019年第 7 期		2019 年		节译,译者不详
19	陆求实	《山月记》	陕西师范大学出版总社	2019 年7 月		
20	代珂	《山月记》	江苏凤凰文艺出版社	2019 年11 月		
21	李默默	《山月记》	江苏凤凰文艺出版社	2020 年5 月		

第五章

日本战后派作家的中国战地
体验与中国书写

　　在第二次世界大战结束后不久，平野谦、埴古雄高、小田切秀雄等评论家于 1946 年 1 月共同创办了文艺杂志《近代文学》，宣扬文学应该摆脱包括封建主义在内的意识形态的束缚，追求文学的真实性，提倡艺术至上主义，这标志着战后派文学的诞生。很快，在《近代文学》周围聚集了 30 多位评论家和作家，他们把自身的战地体验融入创作中，强调尊重人与自由，着力探究与战后作品和风俗作品不同的新的近代文学，从而形成了日本文学史上被称为"战后派"的作家团体。其中野间宏、武田泰淳、埴古雄高、中村真一郎、椎名麟三、花田清辉、岛尾敏雄等人被称为"第一次战后派作家"，安部公房、大冈升平、堀田善卫等人被称为"第二次战后派作家"。

　　战后派并不是一个真正意义上的文学流派，但是他们在人生经历和文学创作等方面具有很多共同点。很多战后派作家都有着直接的战地体验，并根据自己的战地体验创作了大量的作品，对战争进行了深刻的反思，透露出强烈的社会性和思想性。一些战后派作家还写下了大量的战地日记、信札和游记，向人们再现了战时的中国。本章拟以"第一次战后派""第二次战后派"的代表性作家武田泰淳、埴谷雄高、岛尾敏雄、安部公房和堀田善卫为对象，梳理他们的战地体验，研究他们的中国书写，解读他们眼中的中国以及对中国的印象与感受。

第一节　武田泰淳的中国战地体验与战争反思

武田泰淳于大正元年（1912）出生在东京，本姓大岛，幼名觉。父亲大岛泰信是大学教授，主要讲授宗教学，培养了众多弟子。大岛泰信笃信净土宗，著有《净土宗史》《佛教读本》等著作。因为大岛泰信的老师、净土宗僧人武田芳淳后嗣无人，所以就把大岛觉过继给了武田芳淳，改名武田觉。1931 年 5 月 29 日，因为一个字的俗名无法取得净土宗度牒，所以从大岛泰信和武田芳淳两人的名字中各取一字，遂名武田泰淳。

武田泰淳在二战期间曾经作为士兵参加了侵华战争。在战后，武田泰淳发表了《才子佳人》《才女》《秋的铜像》等作品，但是均反响平平。从 1947 年开始，武田泰淳陆续发表了《审判》《蝮蛇的后裔》《秘密》《风媒花》等一系列以上海为舞台的作品，引起了不错的反响，成为日本第一次战后派的代表性作家。昭和五十一年（1976）武田泰淳因病去世，享年 64 岁。1980 年，增补版的《武田泰淳全集》出版，共计 21 卷。

一、武田泰淳的中国因缘与战地体验

武田泰淳的表兄赤尾光雄精通汉语，在中国文学方面造诣颇深。受其影响，武田泰淳对中国文学产生了浓厚的兴趣。他高中时代开始广泛涉猎《红楼梦》等中国古典作品,并且阅读了鲁迅、胡适等中国近代作家的作品,16 岁时还创作了 20 首汉诗。19 岁时,武田泰淳考入东京帝国大学文学部中文系学习中文,成为竹内好的同级生。因为有感于当时日本国内没有专门研究中国现代文学的文学团体,所以竹内好、武田泰淳、冈崎俊夫、增田涉等人在 1934 年共同创办了"中国文学研究会",志在从事中国现代文学的研究与翻译工作,并于次年发行了机构杂志《中国文学月报》,这无疑为当时耽于研究中国古典文学的日本中国文学研究学界吹进了一股清新之风,使更多的人从故纸堆里抬起头来,开始关注实际的中国,关注中国现代文学的发展与研究,因此可以说"中国文学研究会"的设立在日本的中国文学研究史上具有划时代的意义。"中国文学研究会"成立后曾经接待过周作人、徐祖正、谢冰莹等访日作家,为中日文学、文化交流做出了自己的贡献。

如上所述,武田泰淳与中国结缘,最初源于对中国文学的喜爱和对中国文学的研究。但是武田泰淳真正与中国结下不解之缘是源自他的两次中国战地体验。武田泰淳在战争期间先后来过中国两次。第一次是从 1937 年 11 月 5 日到 1939 年 10 月 1 日。1937 年 7 月 7 日在北京郊外爆发了卢沟桥事变,日本侵华战争开始。同年 8 月发生了上海事变,上海战线的战斗异常激烈,在华日军急需补充兵源,所以在日本国内大量征收补充兵。武田泰淳在 10 月 12 日收到征集令,10 月 16 日作为近卫师团的步兵补充兵入伍,接受了为期 6 天的新兵训练,10 月 22日被派往上海,并于 11 月 5 日到达杭州湾,然后从吴淞港登陆,从此,武田泰淳开始了将近两年的"战争生涯",先后参加了"杭州攻略战""上海攻防战""徐州会战""武汉会战"等战役,足迹遍至上海、浙江、江苏、安徽、江西、湖北、湖南、广东各地。可能武田泰淳自己也没有预料到,自己的第一次中国之行竟然是作为侵略兵入侵中国。这仿佛是上天开了一个莫大的玩笑,或是想让武田泰淳理解什么是"诸行无常",竟然让戒杀的僧侣拿起了杀人的步枪,让热爱中国文学的青年入侵自己素有好感的国度。将近两年的战争经历给武田泰淳留下了难以磨灭的印记。1939 年 9 月 28 日,武田泰淳作为上等兵归国。回国后武田泰淳先后发表了《杭州之春》《土著民的脸》《在淮河·芦山·夏之武昌》等战地游记,并在 1941 年 12 月出版了与小田嶽夫合著的《扬子江风土记》,记录了湖北、湖南、四川等地战时下的风土人情。

第二次是 1944 年 6 月至 1946 年 2 月。1944 年 6 月武田泰淳第二次乘船赴上海,就任日中文化协会附属东方文化编译馆的出版主任,同时也是日本文学报国会上海在驻外国文学部会员,因此作为嘉宾参加了由日本文学报国会组织、在南京召开的第三次大东亚文学者大会。1945 年 8 月日本宣布战败,武田泰淳被收容在虹口的日侨集中地区居住。失去工作的武田泰淳开始以代写汉语书信维持生活。1946 年 2 月武田泰淳被遣送回国。在上海的战败体验,后来被融入他的《审判》《蝮蛇的后裔》《秘密》《风媒花》等作品的创作中。

二、武田泰淳的中国书写与战争反思

将近两年的战争经历和在上海的战败体验,深刻地影响了武田泰淳的文学创作。他除了依据战地体验创作了多部小说之外,还写下了大量的战地书信、游记和随笔。其中 1947 年 4 月在《批评》上发表的《审判》是武田泰淳第一篇以上海为舞台反思战争的作品,受到了著名文艺评论家中村光夫的好评。作品叙述了主人公"二郎"在战争期间曾经两次枪杀无辜的中国百姓。一次是奉"分队长"之命,参加了集体射杀两名无辜的农夫。另外一次是单独枪杀了一对毫无反抗能力的聋哑老夫妇。战争结束后,虽然自己的罪行已经无人知晓,但是为了赎罪,"二郎"放弃了漂亮的未婚妻,放弃了回国,选择留在上海,对自己进行精神上的审判。

2005 年 11 月 18 日《朝日新闻》刊载消息称,武田泰淳的长女武田花于同年 9 月份向日本近代文学馆捐赠了 2262 件武田泰淳的手稿,其中包括已经发表的《司马迁》《风媒花》《富士》等代表作,同时还包含大量未发表的日记、书简、学生时代的习作等手稿。《武田泰淳传》的作者川西政明在 2006 年 1 月 12 日《朝日新闻》(晚报)上发表了随笔《读武田泰淳的日记》,声称自己看到了武田泰淳未发表的日记《从军手册》,发现了"可怕的记述",即武田泰淳在中国战场上两次枪杀了无辜的中国人,而且这两次经历和作品《审判》中"二郎"的杀人经历完全吻合。由于日本近代文学馆一直没有公开武田泰淳的手稿,所以川西政明所说未免有孤证的嫌疑。但是通过对《审判》进行分析,可以从多方面印证川西政明所说非虚,即《审判》其实是一个隐秘的告白文本。作品主人公"杉""二郎"实际上是武田泰淳的两个分身,武田通过虚构的两个人物,讲述着自己真实的战争经历以及对战争的反思。

在作品《审判》中,没有出现作品主人公的姓,只知道主人公的名字叫作"杉"。"杉"和作者自身有着很多相似的经历,可以看作是作者的一个分身。"杉"在上海时日本宣布战败投降,并在战后和其他日本人一起被集中在虹口地区居住。迫于生活压力,精通汉语的"杉"为日本同胞代写汉语书信维持生活,没想到生意竟然十分兴隆。这些经历都和武田泰淳极其相似。武田泰淳在 1944 年 6 月第二次乘船赴上海,就任日中文化协会附属东方文化编译馆的出版主任。1945 年 8 月日本宣布战败,武田泰淳被收容在虹口的日侨集中地区居住。因为精通汉语,丧失工作的武田泰淳开始以代写汉语书信维持生活。由于战后日本人经常会向中方管理当局提出各种申请,因此代写书信生意十分红火,好酒的武田泰淳每次赚了钱都会买酒犒劳自己,所以日子过得还算不错。这一点也和作品中的主人公"杉"有相似之处。

另外,武田泰淳在 1945 年的 9 月通过《圣经》了解到了《默示录》的世界,其中"七天使吹七号"等大灾难和"最后的审判"深深地震撼了刚刚经历战败的武田泰淳。这也是武田泰淳写作《审判》这篇作品的诱因之一。《默示录》对武田泰淳的影响,直接体现在了作品主人公"杉"的身上。"杉"从住在三楼的一个基督教教徒那里借了一本《圣经》,"我是读着那本《圣经》度过了多雨的八月"①。《圣经》卷末的《默示录》对"杉"
的心灵产生了巨大的冲击，感觉《默示录》中的描写完全再现了日本遭
原子弹袭击后的惨状，并且认为在日本只是刚刚吹响了第一支号角。
"我不相信最后的审判，但是不能否定类似最后审判的事实在世间发
生。"②作者对《默示录》的描绘，也为"二郎"最后的自我"审判"埋下了
伏笔。

　　作品中的另外一位主人公"二郎"也和武田泰淳在很多方面有着诸
多相似之处。首先，虽然据川西政明考证，武田泰淳应该是排行老三③，
但是在古林尚编写的武田泰淳年谱里，武田泰淳是大岛家的次男④。据
说这是因为古林尚在编写年谱时采访了武田泰淳，由于武田泰淳的二
哥大岛信未满 2 岁就夭折了，所以在武田泰淳的记忆里，一直认为自己
是大岛家的"二郎"。因此，《审判》中的告白人物"二郎"，单单从名字上
看也有武田泰淳的影子。其次，前面已经提到，武田泰淳在中国战场上
两次枪杀了无辜的中国人，而且这两次经历和作品《审判》中"二郎"的
杀人经历完全重合。而且两个人都因为自己的杀人经历而备受精神上
的折磨。"二郎"放弃了几乎完美的未婚妻，留在了战败地上海，"我想
留在自己犯罪的地方，看着被我杀害的同胞的脸生活"⑤，通过这种方式
让自己始终接受精神上的"审判"。武田泰淳没有像"二郎"那样滞留在
上海，于 1946 年 2 月 11 日乘船回到了日本。而且武田泰淳一直没有
公开自己在战场上枪杀无辜百姓的秘密。但是在内心深处，那种枪杀
无辜百姓的罪恶感一直折磨着武田泰淳。据川西政明回忆，在武田泰

　　① ［日］武田泰淳：『武田泰淳全集（増補版）』（第二卷），筑摩書房，1979，
第 5 頁。

　　② ［日］武田泰淳：『武田泰淳全集（増補版）』（第二卷），筑摩書房，1979，
第 5 頁。

　　③ ［日］川西政明：『武田泰淳伝』，講談社，2005，第 489 頁。

　　④ ［日］埴谷雄高：『増補 武田泰淳研究』，筑摩書房，2005，第 595 頁。

　　⑤ ［日］武田泰淳：『武田泰淳全集（増補版）』（第二卷），筑摩書房，1979，
第 24 頁。

淳去世前几年，竹内好曾经询问武田泰淳《审判》中所描写的事情是否是事实。"泰淳看着好的脸，既没有肯定也没有否定。"彼此沉默许久，"（竹内）好'哦'地长吟一声，然后说了一句'是吗'。那时好触碰到了武田泰淳痛苦的根源。泰淳流露出感谢好理解自己痛苦的表情"。[①] 由此可见，武田泰淳终生背负着因杀人带来的精神上的折磨。

另外，武田泰淳在上海期间认识了一位叫作中山怜子的少妇，回国后与之有一段热恋，并因此与堀田善卫、堀田善卫的妻子、中山怜子的丈夫中山信形成了"五角恋爱"的关系。在作品中，"二郎"有一个未婚妻"铃子"，日本战败时也在上海。日语中"铃子"和"怜子"的发音是一样的，都可以读作"れいこ"。因此可以推测武田泰淳是按照自己心目中中山怜子的形象塑造了作品中"铃子"这一人物的。创作《审判》时，武田泰淳正在和中山怜子热恋，所以在作品中"铃子"几乎被描绘成一个完美的女性，"是一个坦率、开朗，任谁都会喜欢的那一类型的人"，并且拥有一个"和睦的家庭"。但是在《审判》发表的翌年，武田泰淳就和中山怜子关系破裂了。这一点大概武田泰淳在写作《审判》时不曾想到，否则"铃子"的形象也许就不是今天我们看到的这个样子了。

如上所述，"杉"和"二郎"其实都是作者的分身，那么"二郎"写给"杉"的信，也可以看作是武田泰淳写给自己的信。而《审判》这篇作品也就可以看作是武田泰淳写给自己的作品。发表这篇作品的时候，没有人知道武田泰淳曾经在中国战场上杀过人，所以这篇作品实际上就成为一种隐秘的告白。通过隐秘的告白这种方式来释放、缓解自己内心的罪恶感，应该是武田泰淳写作这篇作品的主要目的之一。作者借用"杉"和"二郎"这两个人物形象描绘了双重的自我。"杉"这一人物形象，代表着作者"外在（表层）的自我"，"二郎"这一人物形象代表着作者"精神（深层）的自我"。"杉＝自我"在战后滞留上海，以替日本同胞代

---

① ［日］川西政明：《武田泰淳の日記を読む 苦しみの根源あらわに》，《朝日新闻（夕刊）》，2006年1月12日第2版。

书中文信件为生,收入颇丰,日子过得还算不错,现实世界中"外在的自我"并没有表现出战争罪恶感。作者本人并没有"二郎"那样告白的勇气,而是隐瞒了自己在战场上的杀人罪行,回国后继续自己的写作生涯。但是可以想见,作者一直在内心深处背负着战场杀人的罪恶感,精神上饱受折磨。但是作者在现实生活中无处诉说,所以创造了"二郎=自我"这一人物,让"二郎"代替自己在虚拟的世界里接受"审判"。在作品中,"二郎"进行了告白,并最终放弃了未婚妻、放弃了回国,继续留在上海,时刻接受来自内心的"精神审判"。这样的结果,对"二郎"来说是一种"审判",但是对武田泰淳来说,无疑是一种"解脱"。虽然这种"解脱"实际上并不彻底。

基于上述这种创作动机,作者自觉不自觉地在遣词造句上面为"二郎=自我"进行辩解。作品开头讲:"我想说一说我在战后的上海遇到的一个不幸的青年的故事。"作者首先把"二郎"定位于"受害者"一方,并且在作品中多次对"二郎"的"射杀行为"进行看似无意的辩护。如:在参加集体射杀两名农夫时,"突然一种可怕的念头一下子掠过我的脑海:'为什么不可以杀人呢?'""那种异常的想法消失之后,人情呀道德呀什么都没有了,只剩下像真空状态一样的、像铅一样没感觉的东西"①,在作者的安排下,"二郎"在失去理智的情况下完成了射杀。在另外一次单独枪杀一对毫无反抗能力的聋哑老夫妇时,作者竟然为"二郎"的杀人行为找了一个"冠冕堂皇"的理由:"'横竖是要死的吧',我一边紧握着枪一边想。'这样一定会饿死的吧。如果是这样,倒不如干脆一狠心死了的好。'""不知何时,那种曾经侵入我脑海的真空状态、那种像铅一样无感觉的状态再次在我体内复苏。"②就这样,"二郎"带着"拯

---

① [日]武田泰淳:『武田泰淳全集(增補版)』(第二卷),筑摩書房,1979,第16頁。

② [日]武田泰淳:『武田泰淳全集(增補版)』(第二卷),筑摩書房,1979,第18頁。

救"那对聋哑老夫妇的心情,在一种"麻木"的状态下开了枪。

在战后,知道自己这两次枪杀无辜百姓的人都已经战死或病死,"二郎"确信不管如何精密的战犯名册上都不会出现自己的名字。但是"一度发生的事实到底是事实,不是那么容易消除的"。"二郎"始终不能忘记自己的杀人事实,内心时刻经受着煎熬。最终"二郎"放弃了看似前途光明的未来,放弃了与未婚妻"铃子"的婚约,留在了上海,这一方面突出了"二郎"对自己的精神审判,但是同时也加强了"二郎"作为"不幸者"的形象。同时,作者对"二郎"的未婚妻"铃子"的描写,也无形中增加了"二郎"的"不幸"。如上所述,在作者的笔下,"铃子是一个坦率、开朗,任谁都会喜欢的那一类型的人"。日本战败时"铃子"也在上海,"二郎"和"铃子"二人感情甚好,对"二郎"来说"失去铃子是致命的"①。就这样,"二郎"在作者的笔下被描绘成一个"受害者"的形象,而忽略了"二郎"首先是一名"侵略者",正是这些"二郎们"给中国带来了巨大的灾难,给中国民众带来了巨大的痛苦。

此外,虽然作品中偶尔也提到一些日军的暴行:"侮辱、殴打住民,盗窃财物,强奸妇女,火烧房屋,毁坏田地",在一定程度上揭露了日军的罪行,但是更多的是纠缠在"个人道德"的问题上,并在无意中用个人道德的一时沦丧混淆日军侵略中国的罪行,一味强调"在战场上丧失指引自己的伦理道德的人有很多"。不仅如此,作品中反复强调"作为士兵,既然是战场,那么杀敌就是在所难免的事"之类的观点,给人的感觉是,如果在战场上枪杀中国人那就理所当然了,完全忽略了那是日本对中国实施的侵略战争,对于日本对中国的侵略缺乏深入的反思。有人认为作品《审判》较早地描写了中国战场,具有一定的积极意义,但是笔者认为,这并不是武田泰淳有意识地避开太平洋战场,自觉地选择中国战场作为描绘对象,而是由于武田泰淳在中国战场的经历,以及日本战

---

① [日]武田泰淳:《武田泰淳全集(增补版)》(第二卷),筑摩书房,1979,第24页。

败后他在上海生活的经历,本能地促使他写下了《审判》这篇作品。武田泰淳对战争的认识并没有超越当时日本知识分子对战争的认识。而且作品停留在简单自我告白的表层,过多地强调了"二郎"作为"受害者"的一面,缺乏对战争的深刻反思,在思想性方面打了折扣,难以达到较高的艺术水平。

武田泰淳基于自己在中国战场的经历以及战后在上海生活的经历,借用"杉"和"二郎"这两个人物形象描绘了双重的自我,完成了隐秘的告白,试图忏悔自己在中国战场上犯下的罪行,以减轻甚至消解内心的负罪感。但是这种负罪感终生伴随着武田泰淳,成为其精神痛苦的一个根源。同时,作为战后知识分子的代表,武田泰淳试图对战争进行反思,但是由于过分强调"二郎"作为受害者的一面,从而削弱了作品的批判力度,使得这种战争反思很不彻底。因此武田泰淳的两种努力都在不同程度上失败了。从这种意义上来说,《审判》算不上一部成功的作品,但是它是武田泰淳第一篇以上海为舞台的反思战争的作品,具有承前启后的作用和一定的历史价值。

第二节　其他战后派作家与中国

一、埴谷雄高与中国

埴谷雄高是日本著名的评论家、作家,同时也是日本战后派作家的主要成员之一。埴谷雄高 1909 年 12 月 19 日出生于我国台湾新竹。埴谷雄高的原名是般若豊,雄高是其笔名,据说是源自台湾"高雄"这一地名。埴谷雄高祖籍福岛县的相马郡,祖父是相马藩的武士。父亲埴谷三郎一开始作为税务官赴当时日本殖民统治下的台湾工作,不久进入台湾制糖公司工作,转任屏东、桥子头、高雄、三嵌店等地。幼年的埴古雄高便跟随父亲辗转于台湾各地。他的幼年在屏东地区度过,6岁时进入桥子头普通小学,8岁时转入高雄小学,9岁时再次转校,进入三嵌店小学。埴谷雄高自幼酷爱读书,上小学时经常从台湾制糖公司的职员那里借书阅读,翻阅了大量的推理小说,其间还阅读了托尔斯泰和屠格涅夫小说的绘本。12岁时从三嵌店小学毕业,考入台南第一中学。同年,父亲从台湾制糖公司辞职,定居东京。翌年,埴谷雄高也从台湾移居东京,并转校到东京都丰岛区的目白中学。目白中学是一所具有自由学习气氛的学校,埴谷雄高在校期间阅读了大量的社科书籍,这也成为他日后加入日本共产党的诱因之一。

1927年,埴谷雄高从目白中学毕业,由于罹患结核病,加上升学考试失败,所以休学一年,翌年才进入日本大学预科。1928年,正值日本工人运动的高潮期,埴谷雄高逐渐接触马克思主义,并参加了地下运动。1930年,校方以其缺课过多为由勒令埴谷雄高退学。1931年春天,埴谷雄高加入了日本共产党,但是仅过一年就被日本当局抓捕入狱。1933年,埴谷雄高在狱中被迫转向(放弃共产主义信仰),被判处有期徒刑两年,缓期四年执行,同年11月出狱。

1939年,埴谷雄高与平野谦、佐佐木基一等人创办同人杂志《构想》。同年冬天至翌年春天,埴谷雄高故地重游台湾,其间主要住在台北的姐姐初代家里。在姐姐家里,埴谷雄高收到了日本寄来的《构想》的创刊号,在去台北郊外的草山旅游时一直随身携带这本创刊号。翌年春天,埴谷雄高回国。回国后,他写了《台湾游记》,1940年发表在杂志《南画鉴赏》的第8期上面,后来又被收入作品集《莲花与海啸》。这次台湾之行也成为埴谷雄高日后创作小说《太空(虚空)》的契机。埴谷雄高在《台湾游记》中着重描写了纱帽山和附近的温泉地。在作者的笔下,纱帽山是一座美丽无比的山峰:"从我位于温泉地草山的房间的窗户可以眺望纱帽山。扣着圆形帽子的这种山的形状恐怕是日本最美丽

的山峰形状之一吧。我经常绕着与纱帽山相对的山的山麓,一直步行
到山里面的大屯旅馆。无论从那条山道上的哪一点、哪一个角度眺望,
碧空下呈现出来的坡度缓和的纱帽山的弧线都是美丽的。"①作者对纱
帽山的喜爱溢于言表。从1895年到1945年,日本殖民统治台湾50
年,而且埴谷雄高出生在台湾,一直到13岁时才移居东京,所以1939
年游台湾时就如同回家乡,丝毫没有"出国旅游"的感觉,而且想当然地
错把台湾当成了日本的领土,还把纱帽山当作"日本最美丽的山峰"之
一。纱帽山海拔高度600多公尺,位于现今的阳明山公园,是七星山的
寄生火山,也是本区大屯火山群最后一座活动的火山。由熔岩流和火
山碎屑岩构成,属于典型的锥状火山,所以在埴谷雄高看来如同扣着圆
形的帽子。而作者笔下的草山,是阳明山的旧称,因盛产茅草而得名,
在台北市北郊,位于七星山之南,纱帽山东北,磺溪上游。

附近青山翠谷,原野开朗。当时的草山因为没有得到开发还比较
清幽,如今辟有阳明山公园,分前山公园和后山公园。还有中山楼、阳
明山庄、阳明湖、小隐潭、阳明瀑、快雪亭、永河台等风景区,是台北著名
风景区。埴谷雄高还特地提到当时的温泉地小镇因为没有女招待,而
且旅馆稀少,道路上人影稀稀拉拉,所以非常静谧。埴谷雄高在游记中
还提到,"据说在纱帽山的密生树林曾经遭到过砍伐。听说直接原因是
因为美丽的山峰会成为毒蛇的栖息地而变得危险"②。巧合的是,传说
日军曾经在纱帽山附近建造一座毒蛇研究所,其中饲养了许多毒蛇,当
日本人离开台湾的时候,蛇群回归了山林,因此纱帽山曾有许多蛇,尤
其是毒蛇,但是光复初年生活困苦,有很多人为换得温饱捕蛇贩卖,因
此渐渐的,纱帽山区蛇踪已经难以寻觅。

1940年春天,埴谷雄高回到日本,之后再也没有到过台湾。1945
年10月,日本战败后不久,埴谷雄高和平野谦、本多秋五、荒正人、佐佐

---

① ［日］埴谷雄高:『埴谷雄高全集』(第一卷),講談社,1998,第141頁。
② ［日］埴谷雄高:『埴谷雄高全集』(第一卷),講談社,1998,第141頁。

木基一、山室静、小田切秀雄等人一起商议创刊新杂志,结成新的文学团体,并于12月20日完成《近代文学》的创刊号,翌年1月10日公开发行。与此同时,埴谷雄高的长篇小说《死灵》开始在《近代文学》上连载,《死灵》这部巨著奠定了他在日本文学界了地位。埴谷雄高于1997年2月29日因脑梗死去世。

二、岛尾敏雄与中国

　　岛尾敏雄是日本战后派作家之一,在日本战后文学史上占有一席之地。岛尾敏雄1917年4月18日出生于横滨市,幼年体弱多病,6岁时大病一场几乎丧命。从上小学开始他就周期性的头痛,而且视力不清,眼前时常出现齿轮的幻觉,岛尾敏雄把自己的这种幻觉称为"眼花"。病弱的体质以及对死亡的恐惧,无疑对岛尾敏雄产生了深远的影响,成为日后岛尾敏雄以梦幻等超现实手法创作《梦境中的日常》等一系列梦境小说的诱因之一。1936年,岛尾敏雄考入长崎高等商业学校,加入了同人杂志《LUNA》和《こをろ》,并与朋友一起创办了杂志《十四世纪》。1939年3月,他从长崎高等商业学校毕业,参加了神户商业大学的考试,但是落榜了。同年夏天,他作为《每日新闻》主办的菲律宾派遣学生旅行团的一员游历了吕宋岛、中国台湾等地,后来根据这次经历著有《吕宋纪行》。1940年考入九州帝国大学经济科,后转入东洋史科。1941年夏天,他曾和妹妹一起去满洲旅行。7月16日乘船出发,经过两天多的航程到达中国。7月19日转乘火车去奉天。① 7月21日到达奉天,在奉天参观了忠灵塔、"九一八"事变的战争遗迹北大营以及北陵。7月25日通过在日本国内的弟弟给妹妹写的信得知邻居丸谷京子

---

　　① 1931年"九一八"事变后日军侵占沈阳,随后把沈阳改名为"奉天"。为了保持原貌,这里沿用"奉天"的说法。

去世,当天突然产生了去哈尔滨的想法。在去哈尔滨的路上路过新京①,他看到"阳光耀眼的夏季晴空中,宽广雄伟的忠灵塔直插云霄。随着向北行进,感觉忠灵塔变得愈发高大。……也有天气的原因,感觉新京一片明媚"②。"忠灵塔"是日本侵略军为战死的士兵修建的,本身就是侵略的罪证。岛尾敏雄在所到之处参观"忠灵塔",并在字里行间美化"忠灵塔",不得不说其内心潜藏着帝国主义思想。7月27日深夜,他抵达哈尔滨车站,在出站口一眼望去都是日本人、满洲人和俄罗斯人,这也从一个侧面反映出哈尔滨当时的社会情况。7月28日晚上乘车返回奉天。8月3日凌晨5点,他乘车出发去热河,主要目的地是承德。岛尾敏雄在承德"看到架设在宽阔的武烈河河面上的承德桥桥口上写有'打倒共匪救我全家'的字样,对黄昏的未知的街道产生忐忑不安的心情"③。从这个细节可以看出,日本侵略军在占领热河后,为了掩盖罪行转移民众的注意力而恶意抹黑共产党,可谓居心叵测,狼子野心昭然若揭。岛尾敏雄回国后把在满洲游历时写的日记整理发表在《こをろ》上面,原题为《热河纪行》,后来改名为《满洲日记》。

　　1943年岛尾敏雄申请成为海军预备学生,同年9月自费出版了小说《幼年记》,印了70本分发给亲友。因为海军预备学生大多会成为特攻队员,所以此时匆忙出版《幼年记》似乎有些遗书的味道。1944年,岛尾敏雄成为第一期鱼雷艇搭乘员,经过训练后于1944年10月成为第18号自杀式鱼雷艇"震洋号"的指挥官,11月在奄美群岛加入吕麻岛基地待命准备实施自杀式袭击。庆幸的是还没有参战,日本就于翌年8

---

　　① "新京"即长春,为了保持原貌,这里沿用"新京"的说法。1931年"九一八"事变后,日本帝国主义侵占了我国整个东北地区。为了逃避国际上的谴责,1932年3月,日本帝国主义扶持清朝末代皇帝爱新觉罗·溥仪成立傀儡政权——"满洲国"(后更名"大满洲帝国",即中国历史上的"伪满洲国"),将长春定为"国都",改名"新京",成为日本帝国主义统治东北的政治、军事、经济、文化中心。

　　② [日]岛尾敏雄:『岛尾敏雄全集』(第一卷),晶文社,1981,第416頁。

　　③ [日]岛尾敏雄:『岛尾敏雄全集』(第一卷),晶文社,1981,第425頁。

月宣布战败。9月末,岛尾敏雄回到了神户。战后,岛尾敏雄热衷于文学创作,与庄野润三等人创刊杂志《光耀》,并参与了《VIKING》《近代文学》等同人杂志的工作。岛尾敏雄根据自己的从军经历创作了一系列战争小说,其中《出孤岛记》获第一次战后文学奖。1960年出版了小说《死之荆棘》,荣获艺术特选奖。

三、堀田善卫与中国

堀田善卫1918年7月17日出生于富山县射水郡伏木町。1925年4月进入伏木普通小学,同年家道中落,一直经营船运的父亲堀田胜文开始从政,后来官至县会议长。母亲开办了县内首家托儿所。1931年,堀田善卫考入市川县金泽市县立第二中学。1936年考入庆应大学法学部政治学科预科,1939年正式升入庆应大学法学部政治学科,同年第二次世界大战开始。翌年4月,他转入文学部法兰西文学科学习,结识芥川比吕志、加藤周一、中村真一郎等人。1942年8月接受征兵检查并合格。同年9月从庆应大学毕业,在国际文化振兴会调查会就职。所谓"国际文化振兴会",是外务省设置的以"文化交流"为掩饰,其实从事对外情报搜集工作的机构。1943年,堀田善卫开始学习汉语,同年10月被军令部临时欧洲战争军事情报调查部征用,因为他大学时学习的是法语,所以被征调过去从事译解密码的工作,虽然属于非战斗人员,但是实际上也等于参加了战争。1944年2月,堀田善卫被东部第48部队召集,但是因为当时他肋骨骨折在富山陆军医院住院三个月,因此最后召集解除。翌年3月24日,经在海军报道部工作的朋友松冈大尉帮忙,得以乘飞机赴国际文化振兴会上海资料室工作,这是堀田善卫第一次来中国。原本上海之行不过是堀田善卫去欧洲的一个跳板,但是不久他认识到日本终将战败,因此做好了客死上海的心理准备。堀田善卫在国际文化振兴会上海资料室并没有承担实质性的事务工作,多半时间都在以文化工作的名义进行演讲活动，或是和中国学生或知识分子进行交流。这一时期，与堀田善卫交往密切的是在中日文化协会任翻译出版部主任的武田泰淳。5月份，堀田善卫曾经和武田泰淳一起去南京旅行，在南京认识了草野心平，战后成为诗歌杂志《历程》的同仁。他8月份在上海经历了日本战败。12月被国民党中央宣传部对日文化工作委员会征用，从事日语杂志《新生》的编辑工作，《新生》杂志主要以在上海的日本人为读者对象。除此之外，堀田善卫还负责把国民党的机关报纸《中央日报》的社论翻译成日文，传达关于撤回侨民船的情报，甚至代理上海中央广播电台面向日本人广播的播音员，等等。

　　1946年12月28日，堀田善卫乘船从海路回国，12月31日到达佐世保港口，但是因为检疫等原因，一直到次年1月4日才登陆。2月任职于《世界日报》社。堀田善卫回国后陆续创作《祖国丧失》《广场的孤独》《历史》等大量的作品。1956年11月至次年1月，为了出席在新德里举办的第一次亚洲作家会议而访问了印度，回来时途经香港，这是堀田善卫战后第一次出国旅行。1957年10月，受中国作家协会和中国人民对外文化协会的邀请，堀田善卫与井上靖、中野重治、本多秋五、山本健吉等人访问了中国。其间他访问了北京、上海、重庆、广州等地，历时一月有余。1959年7月出版了评论集《在上海》，翌年10月出版短篇集《在香港》。1961年11月受中国人民对外文化协会邀请，和椎明麟三、武田泰淳、中村光夫等人一起再次访问中国。1993年5月《堀田善卫全集》全16卷刊行。1995年9月5日，堀田善卫病逝。2007年夏天，在堀田善卫的故居其子女发现了两本笔记本，经过堀田善卫的长女堀田百合子和筑摩书房的原编辑岸宣夫的共同整理和解读，确认这是堀田善卫在1945年8月至1946年10月间写的日记，后来在神奈川近代文学馆又发现了另外一册笔记。这三册笔记就是堀田善卫在第一次上海期间写下的日记。经过整理，这三册日记于2008年11月10日以"堀田善卫上海日记 沪上天下1945"为题，由集英社出版发行。《堀田善卫上海日记 沪上天下1945》记载了堀田善卫在上海的各种经历，包括战前在国际文化振兴会上海资料室的工作经历，日本战败后在上海的经历、被国民党中央宣传部对日文化工作委员会征用的经历、在上海与中山怜子的感情纠葛，等等。很多经历后来成为他文学创作的素材，因此这本日记是研究堀田善卫文学及其与中国关系的重要史料。

四、安部公房与中国

安部公房 1924 年 3 月 7 日出生在东京府北丰岛郡泷野川镇（现东京都北区西原），父亲安部浅吉当时是满洲医科大学（现中国医科大学）在籍学生，安部公房出生时他正在东京求学。安部公房出生翌年，父亲被聘为满洲医科大学医师，因此举家迁往伪满洲国奉天市（现沈阳市）。一直到 16 岁为止，安部公房都是在伪满洲国奉天市度过的。1940 年，安部公房从奉天第二中学毕业，归国后就读成城高等学校，其间一度因患肺病休学，回奉天休养一年，1942 年春天复学。1943 年 10 月，安部公房考入东京帝国大学医学部，翌年 10 月，因为听闻日本将要战败，出于担心家人和逃避兵役两方面考虑，于是伪造了"重度肺结核"的诊断书，乘船匆忙返回奉天，并在奉天经历了日本战败前后的混乱。1945 年 8 月 15 日，日本战败，同年冬天，安部公房的父亲因感染斑疹伤寒而去世。迫于生计，安部公房不得不靠制造汽水等工作养家糊口，经历了败战后的艰辛。1946 年末，安部公房一家被遣送回国。后来安部公房根据自己在中国的经历，写了《沈阳十七年》《奉天——那山那河》等回忆性散文。

安部公房在《沈阳十七年》的开头就提到了自己在感情上对"出身地"的纠结："被人问到出生地是哪里的时候，因为可以说得很细致来解释所以还好，但是如果为了问卷调查或制作名册而用明信片等来征求我的回答的时候就很为难。因为大体上余白的地方只能写 10 个字以内。我的出生地是东京的泷野川，但是出生之后不久就搬家到沈阳市

(奉天),在那里生活到 17 岁为止。所谓'出身地'与'出生地'在语感上稍微有些不同,好像不单单是出生的地方,所以写'东京出身'有点怪,但是因为后面叙述的事情,也不能简单地下结论说沈阳是出生地。我决定随着当时的心情,有时写东京,有时写沈阳。另外心血来潮的时候我会热情地写上'出生·东京、成长·沈阳'。但是这样产生热情的情况比较少见,多数情况下在主要的名册上我会选择填写东京或沈阳其中之一,比例是一半一半。"① 由此可见,沈阳的生活给安部公房带来多大的影响。另外,在《沈阳十七年》的结尾处安部公房深情地说:"真想再访问一次(沈阳),但是我不是回家的人,大概只不过是远道前来的旅行者吧。尽管如此,我的梦的三分之一其舞台依然是沈阳。"②

　　虽然安部公房认为沈阳可以算作自己的故乡,而且也确实对沈阳倾注了感情,但是当时他并没有把在沈阳的中国人当作自己的乡亲。安部公房上小学时全家住在沈阳市的东南,那时"九一八"事变发生不久,"因为满洲事变刚刚发生,中国人的抵抗运动还在持续。母亲在打扫庭前的时候有时会有流弹飞过来。真是可笑。我们把那些抵抗的人叫作匪贼,认为他们是像狼一样的存在,从心里憎恨并恐惧"。侵略中国,占领、践踏中国的土地,还不允许中国人民反抗,并称之为"匪贼"从心里憎恨,这真是不折不扣的强盗逻辑。安部公房的父亲去满洲工作,以及迁家奉天(沈阳),在那种时代背景下,这本身就可以看作是日本对外扩张的一个缩影。在《沈阳十七年》里面,安部公房也无意中揭露了日本在满洲扩张的事实:"当时沈阳市的发展非常迅速,一年一年以令人难以置信的速度快速地向四周扩展。有一个能说会道的朝鲜人,怀揣百元钱来到沈阳,在郊外买了土地。翌年土地的价格翻了若干倍,满铁将其收购。那个男子用那笔钱又购买了更广阔的土地,翌年又被满

---

① 〔日〕安部公房:『安部公房全集』(第四卷),新潮社,1997,第 86 頁。
② 〔日〕安部公房:『安部公房全集』(第四卷),新潮社,1997,第 90 頁。

铁收购。这样这个朝鲜人十年后建造了沈阳第一的豪宅。"①安部公房大概想用朝鲜人发家的例子来说明沈阳的快速发展，但是在不经意间暴露了日本在我国东北的快速扩张。文章中提到的"满铁"全称是"南满洲铁道株式会社"，成立于 1906 年，1945 年被取缔。其曾被称为"日本在中国的东印度公司"，以公司的名义在中国东北实行殖民侵略，是日本在中国东北进行政治、经济、军事等方面侵略活动的指挥中心。朝鲜人发家的例子正好是"满铁"所代表的日本帝国主义在中国侵略扩张的鲜活例证。

　　1947 年 1 月，安部公房把母亲安置在北海道的祖父母家里，然后只身回到东京复学，同年 6 月自费出版了根据自身满洲遣返经历创作的诗集《无名诗集》。1948 年，他从东京帝国大学医学部毕业，但是由于学业成绩不佳没有取得行医资格，于是弃医从文。同年，出版了长篇处女作《在道路终点的路标处》。此后，安部公房在小说、散文、评论甚至戏曲创作方面都建树颇丰，曾荣获战后文学奖、芥川文学奖、读卖文学奖等多个文学奖项，成为日本第二次战后派的代表作家之一。

---

① ［日］安部公房：『安部公房全集』（第四卷），新潮社，1997，第 87 頁。

参考文献

（以出版时间为序）

一、著作类

1.［日］芥川龙之介:《芥川龙之介集》,鲁迅等译,开明书店,1927。

2.［日］中岛敦:《李陵》,卢锡熹译,太平出版印刷公司,1944。

3.［日］佐藤春夫:《からもの因縁》,勁草書房,1965。

4.［日］清水茂:《近代文学鑑賞講座 第一巻 二葉亭四迷》,角川書店,1967。

5.［日］橋川文三:《現代日本記録全集 6 日清・日露の戦役》,筑摩書房,1970。

6.［日］松村定孝,等:《近代日本文学における中国像》,有斐閣,1975。

7.［日］森鴎外:《日本文学全集》(第三卷),新潮社,1975。

8.［日］芥川龍之介:《芥川龍之介全集》(第二卷),筑摩書房,1977。

9.［日］芥川龍之介:《芥川龍之介全集》(第六卷),筑摩書房,1977。

10.［日］武田泰淳:《武田泰淳全集(増補版)》(第二卷),筑摩書房,1979。

    11.［日］近代中国研究委员会:《明治以降日本人の中国旅行記》,東洋文庫,1980。

    12.［日］島尾敏雄:《島尾敏雄全集》(第一卷),晶文社,1982。

    13.［日］菊池弘,等:《芥川龍之介事典》,明治書院,1985。

    14.［日］二葉亭四迷:《二葉亭四迷全集》(第四卷),筑摩書房,1985。

    15.［日］中村光夫:《中島敦研究》,筑摩书房,1986。

    16.［日］中村光夫:《"不如早死好"——二叶亭四迷传》,刘士明译,湖南人民出版社,1987。

    17.王晓平:《佛典·志怪·物语》,江西人民出版社,1990。

    18.［日］森鸥外,等:《大师小品:日本短篇精典》,姚巧梅译,自立晚报社文化出版部,1992。

    19.马兴国:《中国古典小说与日本文学》,辽宁教育出版社,1993。

    20.瞿佑:《剪灯新话》,上海古籍出版社,1995。

    21.陈青生:《抗战时期的日本文学》,上海人民出版社,1995。

    22.柳鸣九:《世界短篇小说精品文库·日本卷》,海峡文艺出版社,1996。

    23.［日］安部公房:《安部公房全集》(第四卷),新潮社,1997。

    24.［日］芥川龙之介:《芥川龙之介作品集》(散文卷),叶渭渠主编,中国世界语出版社,1998。

    25.［日］中岛敦:《山月记》,郑秀美译,星光出版社,1998。

    26.［日］埴谷雄高:《埴谷雄高全集》(第一卷),講談社,1998。

    27.［日］谷崎润一郎:《饶舌录》,汪正球译,中国文联出版社,2000。

    28.中国戏曲志编辑委员会、《中国戏曲志·浙江卷》编辑委员会:《中国戏曲志·浙江卷》,中国 ISBN 中心出版社,2000。

    29.孙莲贵:《日本近代文学作品评述》,天津人民出版社,2000。

    30.王中忱:《越界与想象——20 世纪中国、日本文学比较研究论集》,中国社会科学出版社,2001。

31.冯国超:《日本短篇小说经典上·中·下》,内蒙古少年儿童出版社,2001。

32.[日]村松梢風:《魔都》,ゆまに書房,2002。

33.[日]村山吉廣:《評伝·中島敦》,中央公論新社,2002。

34.邓云乡:《诗词自话》,河北教育出版社,2004。

35.[日]谷崎潤一郎:《上海交遊記》,みすず書房,2004。

36.[日]勝又浩:《中島敦の遍歴》,筑摩書房,2004。

37.[日]西原大辅:《谷崎润一郎与东方主义——大正日本的中国幻想》,赵怡译,中华书局,2005。

38.[日]芥川龙之介:《芥川龙之介全集》(第1—5卷),高慧勤、魏大海主编,山东文艺出版社,2005。

39.[日]川西政明:《武田泰淳伝》,講談社,2005。

40.[日]埴谷雄高:《増補 武田泰淳研究》,筑摩書房,2005。

41.[日]国木田独步,等:《现代日本小说集》,周作人、鲁迅译,新星出版社,2006。

42.[日]芥川龙之介:《中国游记》,陈生保、张青平译,北京十月文艺出版社,2006。

43.[日]芥川龙之介:《芥川龙之介中短篇小说集》,鲁迅等译,湖北人民出版社、长江文艺出版社,2006。

44.[日]芥川龙之介:《中国游记》,秦刚译,中华书局,2007。

45.王述坤:《日本近现代文学名家名作集萃》,中国科学技术大学出版社,2007。

46.阎萍:《日本文学翻译读本》,外语教学与研究出版社,2007。

47.王向远:《中国题材日本文学史》,上海古籍出版社,2007。

48.刘德润、刘淙淙:《一生必读的日文名篇佳作》,中国宇航出版社,2009。

49.[日]中岛敦:《中岛敦作品选》,谭晶华主编、张敏生注译,上海外语教育出版社,2011。

　　50.[日]芥川龙之介:《中国游记》,陈豪译,新世界出版社,2011。

　　51.郭勇:《中岛敦文学的比较研究》,北京大学出版社,2011。

　　52.徐静波:《近代日本文化人与上海》,上海人民出版社,2013。

　　53.[日]中岛敦著,韩冰、孙志勇译:《山月记》,中华书局,2013。

　　54.[印度]泰戈尔,等:《喀布尔人 撑蒿漫溯蓝色的生命之际》,李桐等译,凤凰出版传媒股份有限公司、江苏文艺出版社,2013。

　　55.[日]德富苏峰:《中国漫游记》,张颖、徐明旭译,江苏文艺出版社,2014。

　　56.李子明:《火车上的民国(上)》,中国铁道出版社,2014。

　　57.[日]芥川龙之介:《芥川龙之介集》,鲁迅等译,当代世界出版社,2015。

　　58.[日]谷崎潤一郎:《谷崎潤一郎全集》(第六卷),中央公論新社,2015。

　　59.[日]谷崎潤一郎:《谷崎潤一郎全集》(第二十五卷),中央公論新社,2015。

　　60.吴玄、李璐、钱益清编《钱塘江畔是谁家散文卷》,浙江文艺出版社,2016。

　　61.祝然编著《每天读一点日文:日语晨读美文》,中国宇航出版社,2017。

　　62.[日]谷崎潤一郎:《谷崎潤一郎全集》(第二十六卷),中央公論新社,2017。

　　63.[日]芥川龙之介:《中国游记》,施小炜译,浙江文艺出版社,2018。

　　64.[日]谷崎润一郎:《秦淮之夜》,徐静波译,浙江文艺出版社,2018。

　　65.[日]芥川龙之介:《绝笔:芥川龙之介短篇小说集》,鲁迅等译,天地出版社,2018。

66.〔日〕芥川龙之介:《爱情这东西》,黄悦生译,江苏凤凰文艺出版社,2018。

67.〔日〕中岛敦:《新译中岛敦:命运的开端》,陈冠贵译,红通通文化出版社,2018。

68.〔日〕中岛敦:《山月记》,杨晓钟等译,陕西新华出版传媒集团、陕西人民出版社,2018。

69.〔日〕中岛敦:《山月记》,徐建雄译,陕西新华出版传媒集团、三秦出版社,2019。

70.〔日〕中岛敦:《山月记》,陆求实译,陕西师范大学出版总社,2019。

71.〔日〕中岛敦:《山月记》,代珂译,江苏凤凰文艺出版社,2019。

72.〔日〕中岛敦:《山月记》,李默默译,江苏凤凰文艺出版社,2020。

二、报刊类

1.〔日〕芥川龙之介:《芥川龙之介氏的中国观》,夏丏尊译,《小说月报》1926年第4期。

2.〔日〕中岛敦:《山月记》,卢锡熹译,《风雨谈》1943年第6期。

3.〔日〕中岛敦:《山月记》,孙大寿译,《日本文学》1985年第3期。

4.赵乐甡:《不成长啸但成噑——中岛敦的〈山月记〉读后》,《日本文学》1985年第3期。

5.〔日〕中岛敦:《山月记》,田忠魁译,《日语学习与研究》1985年第6期。

6.郭来舜:《三"记"的比较研究》,《兰州大学学报(社会科学版)》1986年第4期。

7.马兴国:《唐传奇小说与日本近代文学》,《日本研究》1991年第3期。

8.高晓华:《从〈人虎传〉到〈山月记〉》,《外语与外语教学》1994 年第 2 期。

9.[日]德田进:《〈山月记〉的比较文学新考察》,《外国问题研究》1994 年第 1 期。

10.孟庆枢:《中岛敦与中国文学》,《中国比较文学》1995 年第 1 期。

11.[日]馬場夕美子:《谷崎潤一郎——大正七年の中国旅行》,《同志社国文学》1996 年第 44 号。

12.孟庆枢:《重新寻找坐标——面向 21 世纪日本文化热点问题研究的几点思考》,《日本学刊》1998 年第 2 期。

13.王新新:《中岛敦与日本战时文学"抵抗艺术派"》,《吉林大学社会科学学报》1999 年第 3 期。

14.李红、小野顺子:《人虎山月间》,《绍兴文理学院学报》2002 年第 12 期。

15.黄燕青:《中岛敦及其作品〈山月记〉》,《日语知识》2002 年第 1 期。

16.李红:《人虎山月间——中岛敦及其〈山月记〉解读》,《河南教育学院学报》2002 年第 6 期。

17.李俄宪:《李陵和李徵的变形:关于中岛敦文学的特质问题》,《国外文学》2004 年第 3 期。

18.郭勇:《自我解体的悲歌——中岛敦〈山月记〉论》,《外国文学研究》2004 年第 5 期。

19.秦刚:《现代中国文坛对芥川龙之介的译介与接受》,《中国现代文学研究丛刊》2004 年第 2 期。

20.李青、杨超:《与〈人虎传〉的对比中看〈山月记〉》,《河南教育学院学报》2004 年第 4 期。

21.杨青:《与〈人虎传〉的对比中看〈山月记〉》,《吉林大学社会科学学报》2004 年第 4 期。

22.[日]川西政明:《武田泰淳の日記を読む　苦しみの根源あら

わに》,《朝日新聞（夕刊）》2006 年 1 月 12 日第 2 版。

23. 庞薇薇：《从〈人虎传〉到〈山月记〉——浅谈中岛敦的创作思想》,《边疆经济与文化》2010 年第 3 期。

三、论文类

1. 马雪英：《中岛敦改编小说与原著比较研究——以〈山月记〉和〈李陵〉为中心》,硕士学位论文,对外经济贸易大学,2007。

2. 高静：《人对于命运的思考与反抗——中岛敦作品的主题探微》,硕士学位论文,东北师范大学,2007。

3. 郭玲玲：《关于中岛文学——以人物形象分析为中心》,硕士学位论文,山东大学,2007。

4. 郭雪妮：《日本文学中的"变形小说"及其外来影响研究》,硕士学位论文,陕西师范大学,2009。

5. 庆奇昊：《论中岛敦文学中的"不安意识"——以〈山月记〉和〈李陵〉为中心》,硕士学位论文,西北大学,2010。

6. 张博学：《中岛敦小说的人物特征——以取材于中国古典文学的四篇作品为中心》,硕士学位论文,外交学院,2010。

7. 井琪：《论中岛敦小说中命运意识的转变和推移——以〈山月记〉〈名人传〉〈李陵〉为中心》,硕士学位论文,西北大学,2011。

8. 张谐：《关于〈山月记〉的"欠缺"问题——以中岛敦的狼疾为中心》,硕士学位论文,苏州大学,2011。

9. 陈邝娜：《〈山月记〉与〈狼灾记〉中变形的比较研究》,硕士学位论文,湖南大学,2012。

10. 冯志：《中岛敦作品中有关中国形象之研究——以〈山月记〉、〈名人传〉等作品为中心》,硕士学位论文,东华大学,2013。

11. 柏青：《日本近现代文学中的变身物语——以动物变身为中

心》,硕士学位论文,同济大学,2013。

12.陈博君:《从中国道家思想看中岛敦文学作品中的人物形象——以〈山月记〉和〈名人传〉为中心》,硕士学位论文,上海交通大学,2014。

13.温舒:《互文性视角下〈山月记〉的翻译研究》,硕士学位论文,吉林大学,2015。

14.胡蝶:《中岛敦——〈山月记〉题名之研究》,硕士学位论文,贵州大学,2016。

15.沈锦端:《〈山月记〉的中文译本研究——以李征的存在状态相关的表现为对象》,硕士学位论文,厦门大学,2017。

16.鲍卉:《中岛敦文学作品的宿命论——以〈山月记〉〈李陵〉〈牛人〉为中心》,硕士学位论文,西北大学,2018。

17.纪岚馨:《中岛敦版和森见登美彦版〈山月记〉的比较研究》,硕士学位论文,西北大学,2019。

18.刘吉隆:《翻案作品翻译过程中的互文性再现——以〈山月记〉、〈李陵〉为例》,硕士学位论文,北京第二外国语学院,2019。

后　记

　　日本作家创作的中国题材作品是日本文学的重要组成部分,同时也可以看作是中日文化、文学交流结出的硕果,历来备受中日学者的关注。笔者作为一名高校教师,在繁忙的教学工作之余也试着写了一些粗浅的文章,而这些文章多半与日本近现代作家的中国题材作品相关。这本小书可以算作是笔者近年来的研究小结。需要说明的是,书中的部分章节曾在国内学术刊物上公开发表过,收入本书时进行了适当的增删修改。

　　感谢我的导师黎跃进教授指引我走上文学研究之路。恩师是东方文学研究领域的专家,治学严谨,为人热心谦和。笔者生性鲁钝,但是蒙恩师不弃,在学术研究上给予了温暖的鼓励与耐心的指导。感谢宁波工程学院外国语学院各位领导和老师的鼓励和帮助,感谢浙江大学出版社各位编辑为拙著出版付出的心血。另外,在本书撰写过程中曾经得到孙立春、连永平等老师的帮助,在此一并表示感谢。最后要感谢我的家人,如果没有家人的支持与鼓励,这本小书恐难以顺利完成。

　　由于本人学识有限,拙著内容肯定存在诸多疏漏与谬误之处,诚望各位专家、学者批评指正。

冯裕智

2020 年 10 月

图书在版编目（CIP）数据

日本近现代作家中国题材作品研究／冯裕智著. —
杭州：浙江大学出版社，2021.6
ISBN 978-7-308-21293-9

Ⅰ.①日… Ⅱ.①冯… Ⅲ.①日本文学—文学研究—
近现代 Ⅳ.①I313.064

中国版本图书馆 CIP 数据核字(2021)第 073582 号

日本近现代作家中国题材作品研究

冯裕智 著

责任编辑	蔡圆圆	
责任校对	许艺涛	
封面设计	续设计	
出版发行	浙江大学出版社	
	（杭州市天目山路 148 号 邮政编码 310007)	
	（网址：http://www.zjupress.com)	
排 版	杭州青翃图文设计有限公司	
印 刷	广东虎彩云印刷有限公司绍兴分公司	
开 本	710mm×1000mm 1/16	
印 张	10	
字 数	144 千	
版 印 次	2021 年 6 月第 1 版 2021 年 6 月第 1 次印刷	
书 号	ISBN 978-7-308-21293-9	
定 价	48.00 元